U0691603

或然率的谜思

相较于《小灰》的哀恸、
《绑架》的幽谧，
《或然率的谜思》更像是
一种致意。

DING ENYI

丁恩翼 著

上海文艺出版社

群狼的凄厉的哀号，

挨饿的魔女的发愁，

淫荡的老翁的蹦跳，

黑心的扒手的密谋。

——夏尔·皮埃尔·波德莱尔

目　录

结 案 以 后

总算，又一起谋杀案告破了。

此次案件推进得非常顺利，也趁着周末正好有空，刑侦队的大队长李广平、副大队长赵超和老刑警周培根三人，打算聚在一起喝个小酒，就当是庆功了。警察这个行当，很少能有真正放松的时候，难得今天没有公务在身，于是三人决定放开了喝。

"这还真是没想到啊，认罪认得这么痛快。"赵超"呼噜噜"地吸着玻璃杯里不断往外冒出的白色啤酒花。

"也是我们运气好，对面大楼里竟然有个目击证人。"李广平熟练地用一个银色开瓶器撬开瓶盖递给周培根，接着准备撬第二瓶。

"那倒是，不然差点就当成自杀处理了。"赵超一边说着，一边用手肘推了一下周培根，"喂，老周，怎么不说话啊，这么沉默干嘛？"

"啊……？没有呀……这不正喝酒呢嘛……"周培根说罢，举起玻璃酒瓶，直接往嘴里一顿猛灌。

"哟，老周海量啊！"李广平看向赵超，朝周培根指了指，

"你看看，我们刚说几句话功夫，他两个瓶子已经空了……"

"哎呦喂……你别光知道喝呀，看看，脸都已经鸡肝红了……"赵超调笑着说道。

"老周，老周，别光顾着酒瓶子嘛，咱们聊聊天，讲讲案子啥的，怎样？"李广平用手拍了拍周培根的后背。

"别提案子……唉……"周培根顶着个鸡肝红的脸色，一副无奈状。

"怎么回事啊老周？为啥不能提案子？"赵超狐疑地问道。

"为啥？！……因为这案子……它就不对！"周培根两瓶酒下肚，说话开始犯口吃了。

"呀，老大，果然这年纪一上去，就容易不胜酒力哈……"赵超呵呵地笑了两声，对李广平说道。

"你别打岔！老周，你说这案子不对？哪里不对了？你跟我们说说……"李广平突然话音正色道。

"靠……这案子……问题大了去了！"

"怎么，老周？你在质疑案件的调查结果？"李广平追问。

"不是质疑，懂吗！不是质疑，是肯定的！你们很明显被那女的骗进去了……"周培根把酒瓶"哐当"一声重重搁到木头桌面上。

"你的意思是，那男的不是那女的杀的？"赵超也忍不住开始追问了。

"嗯……！"周培根点了点头，紧接着喉咙里打出一个

2

响嗝。

"那你说是谁杀的？"李广平斜睨着周培根。

"杀？杀你个锤子……"周培根现在整个心思都浸到酒里边去了，上下级关系被他直接抛到了脑后。

"那难不成，他自己从阳台上掉下去的？"李广平对老部下的态度倒也并不在意，只顾着想听听他到底要说些什么。

"答对了！还就是……！"周培根紧跟着作答，嗓音像是对方猜中了谜语的谜底一样，兴奋得提了个高八度。

"喝多了喝多了……怎么办老大，要不要让他躺一会儿？"赵超摸了摸周培根稀疏的白头发，像在安抚一个小孩。

"才两瓶半，应该不至于吧？"李广平答道，"不过前些天压力挺大的，估计一放开，身体里的虚脱就显露出来了，年纪上去了以后，是这样的。"

"啊呀我没喝多……！"周培根一下把赵超的手臂甩开了去，"我跟你们说，这个案子……这案子……这……"话断断续续还没说完，周培根的脑袋就缓缓枕到了自己的瘦胳膊上，只见他两眼微闭，嘴唇还在张翕，却没了说话的声响。

"看样子是真的醉了，老大，咱们喝，让他歇歇吧。"赵超抬眼看着李广平。

"老周，老周！"李广平一边喊，一边推了推周培根的肩膀，周培根"嗯"了一声，算是应了，接着又叽里咕噜说了一堆胡话，听不清具体说了啥，但语气好像忿忿的。

"这老周，是不是真的对案子有看法？"李广平若有所思地问赵超。

"要不这样，老周，这案子，我来替你梳理梳理，你听听看，要是觉着哪里我说得不对，你来纠正，怎样？！"赵超对着周培根的右耳朵，大声地、一字一句地问他，话问得慢条斯理，其实心里却想着要调侃调侃这位醉酒的老兄弟。

"行……！"周培根突然抽风似的拍了一下赵超的大腿，好像从睡意中猛然惊醒一样。

"好，下面请两位听我的叙述。情况是这样的，2022年10月9日夜晚十点二十分，我们接到'天通花园'物业值班人员打来的报警电话，称小区十六号大楼有一男子坠楼。于是，我们第一时间去到了现场，经证实，该男子已当场死亡。"

"怎样？"赵超征询似的转头看看周培根。

"嗯……属实。"周培根眯着眼睛，恍恍惚惚地看着灯光穿过透明玻璃杯在地面上折射下的影子。

"死者名叫方志强，现年五十八岁，'东华'国际贸易公司总经理兼任执行董事。当天晚上，他从该小区十六号楼1905室的阳台上坠落。从法医鉴定的结果来看，死者坠楼前曾大量饮酒。我们紧接着展开了一系列勘查工作，在此过程中我们发现，事发当时，方志强住所中的防盗门是反锁着的，但客厅、卧室、洗手间的地面上，均留有两个人的足印痕迹，茶几上的玻璃面以及茶几上的烟缸周围，除了有死者的指纹外，还找到了另一个人的指纹。

"经过进一步的调查确认，死者方志强，已婚，早在八年前，就已在本市区的中心地段购买过一套大型公寓住房，即当前他和妻子、儿子三人户口所对应的住址，而'天通花园'十六号楼 1905 室的房子，是以他的个人名义租借来的，从物业监控所显示的画面来看，他将此处作为日常住所已经有两年多的时间了，居住状态一直是独居，妻子和儿子甚至根本不知道他在这里借了一套房子，只以为他近年来长期在外地工作，因此除了国定节庆日，方志强很少回家。"

"怎样？"赵超又一次望向周培根，神色中颇显得意。

"属实……"周培林用手掌揉了揉醺醉的红面颊，举起酒瓶，"咕嘟咕嘟"又是小半瓶下了肚。

"坠楼事件发生以后，家住十六号楼正对面的二十四号楼 1902 室的张大爷，主动与我们取得联系，并为该事件提供了非常有效的线索。据张大爷称，2022 年 10 月 9 日夜晚十时许，他去到自家阳台上晾衣服，亲眼看见对面大楼 1905 室的阳台上，有一长发女子正在抽烟。我们根据张大爷的描述，迅速锁定了该女子系方志强楼下 1805 室的住户王艳丽。顺着这条线索，我们进而得知，这个名叫王艳丽的女性，是方志强所属贸易公司财务部的一名员工，据她本人供述，因其长相姣好，自刚入职起，便不断受到老板方志强的纠缠，在去年公司年会的晚宴上，方趁王酒醉，强行将其带入酒店客房并与之发生关系，事后，方拍下王的裸照与不雅视频，并以此为威胁，迫使王在之后的两年多里，不仅不敢声张，还数十次委身于方。半个月前，王得知自己有了身孕，便独自去妇科医院作人流手术，却在术前检查中，被医生告知自己患上了获得性免疫缺陷综合征，也就是我们通常所说的——艾滋病。"

"老周，怎样？"赵超顿了顿，也举起杯子喝了一口，啤酒的冰凉与微苦让他忍不住咂了咂嘴。

"嗯，属实……"周培根面前，已经挨个排了五个空酒瓶，他那骨节分明的手指在瓶颈口来回搓磨着，上下眼皮勉强支撑着没合拢，呼吸声越发沉重。

"王艳丽对方志强恨之入骨，案发当日，方不顾王刚做完人流手术身体虚弱，再次对她提出非分要求，王艳丽忍无可忍，积怨喷发，终于趁方不备，将其推下阳台，以泄私愤。

"王艳丽对自己的罪行供认不讳，并主动表示，愿意接受相应的法律制裁。

"好了，案件脉络梳理完毕，个中细节均清晰明了。老周，人家都认罪了，你还质疑个啥？"

"不属实！不属实！！"周培根两条黝黑的手臂支着桌面，上半身挺了起来，"张大爷，现年八十七岁，以他目前的视力状况，把平行的十八楼看差成了十九楼，他看差了一层楼！"

"那你的意思，案发当晚，王艳丽是在自己家的阳台上抽烟？她根本没去方志强家？？"李广平斜着身体，凑近周

6

培林。

"对……！"

"那方志强是自己从阳台上跳下去的？什么情况？自杀？自杀的理由呢？？"李广平急切地追问道。

"我又没说他是自杀……就是喝多了，到阳台上透透气，结果不小心栽下去了……"

"那他客厅里烟灰缸和茶几玻璃上的指纹怎么说？？"赵超也疑窦丛生地激动起来。

"他们俩又不是第一次在那套房里……指纹有什么可稀奇的……？"

"好好好，我们姑且认为你的推断都是准确的，可是退一万步讲，人家王艳丽自己已经认罪了呀，而且她非常配合我们的调查，百分百据实坦白了所有情况，连细节问题都交代得一清二楚。如果，如果不是她亲手把姓方的推下阳台的，请问，她为什么要认这个莫须有的罪呢？！"李广平的问话层层迫近。

"因为王艳丽极度痛恨那个姓方的！

"因为王艳丽曾经在心里无数次想要亲手杀死那个姓方的！

"因为王艳丽认为，方志强这个人渣必须死在自己手里，才能消解她日复一日堆积在心头的仇恨！"

"那你认为，王艳丽对整个谋杀过程的供述，全都是编造的？！"赵超的表情是如此不可置信。

"对！！我告诉你们，只要她得知那个姓方的坠楼了，死掉了！那就算我们根本没有调查到她头上，她也会积极主动地跑到局子里来投案自首的！你们还真别不信！"

"你的意思是说，她把这，视为一种报仇？"李广平用一种极为不可思议的眼神看着周培根。

"对。"

"不惜以她自己的生命为代价？"

"对……"周培根像个用尽了气数的孤勇者，声嘶力竭地宣判完一切，才显出自己的筋疲力尽来，"唉……说了也没啥意思，反正都已经结案了……还说啥说啊……我歇会儿，你们聊，你们聊……"说完，他沉重的脑袋又枕回自己那条消瘦的胳膊上了，不一会儿，鼻腔里竟发出阵阵鼾声来。

"老大……老周他……瞎胡诌的吧？喝大了吧？"

"老大……你怎么不说话啊？老大？"

"老大！你该不会是被老周那梦话给带跑偏了吧？！……"

"啊呀你放什么屁呀！不都结案了嘛，板上钉钉的谋杀好不好！你说这老周也真是，都快瞎琢磨成妄想症了……年纪大了一喝多就这副德行，真是吃不消他……"

8

死 亡 讯 息

　　郑智康今年刚过二十九岁，在刑侦大队里工作也有一段日子了，小伙子爱岗敬业，做事情很是认真负责，原本年底有一个评选先进的大好机会，结果没想到……

　　在近日一次追捕嫌犯的过程当中，郑智康一个闪失，不小心被打翻在地，人没抓到也就罢了，要命的是，腰间的配枪被嫌犯抢走了。

　　之后，整个队里的兄弟们帮着排查了很久，还是没能把枪追回来，由于丢失枪支弹药属于重大工作失职，性质与一般违规问题不同，上头的领导就算心里想保他也保不了，无奈之下，郑智康只好引咎辞职。

　　侦破案件、为民除害、与犯罪分子斗智斗勇，这是郑智康心中一直以来的理想，离开警队后的那段日子里，他时时刻刻心系的，依然还是自己当年所立下的这个志向，想要抛开这一切，在其他行业中另谋发展，对郑智康来说恐怕是不大可能了，他思来想去，渐渐的，心里萌生出了一个很有意思的想法——把自己历年来经手的案件逐一写成小说，然后出版成书，用以警示社会，帮助大家擦亮双眼，坚决不留给犯罪分子任何欺骗、谋害人民大众的机会。

这个想法得到了老婆大人的全力支持，他老婆比他年长一些，在"世界500强"外资企业里担任财务部门的一把手，薪资也颇为丰厚，所以即便是郑智康一时半会儿不能按月领到工资用于日常开销，家里的经济状况也不会成为眼前太大的挂碍。至此，也可算是天时地利人和了，于是郑智康毅然决定，从今往后，全身心地投入到刑侦小说的创作当中去，以此来充实、圆满他那颗对案件侦破无限痴迷、将"把犯罪分子惩治于法"视为己任的火热的心。

话说郑智康以前在刑侦队的时候，也因为工作关系，结识过社会上各式各样的人，这其中，丁帅算是比较特别的一个。

丁帅原名丁博成，但他嫌这名字太呆板，不符合自己恣意的性情，便趁着兴致所至，干脆直接改成单名一个"帅"字。丁帅的叔父辈里，有好几位国家司法机构的离休干部，他的父亲和母亲早年因性格不合分开了，母亲带着年幼的他去了海外生活与求学，大学期间，他主修犯罪心理学，后来母亲在异国他乡有了新的家庭，丁帅便选择学成以后回到国内，回到他的父亲身边。

不知是由于丁帅从小的成长环境有着鲜为人知的特殊性，还是因为他的家族遗传基因里自带了某种优越性，丁帅这个人，很特别。

"很特别"，是郑智康对丁帅最简洁、也是最无可奈何的概括。就具体而言，他头脑敏锐、思维缜密，在对刑事案件的推演上，有着很高的直觉力与天赋才能，但他的性情，却大大地有异于常人，玩世不恭、疯魔、喜好猎奇，总是把案件侦破视为一个用来炫技的游戏，凡是和他有过接触的警员兄弟们对此无不大呼头疼，但即便如此，每每遇到疑难杂案的时候，大家也总是多少想要找他聊聊，借鉴一下他丁某人的论断方向和推理思路。

郑智康比丁帅大两岁，两人相识好几年了，生活中，他们性格互补，是非常要好的朋友。丁帅见了实诚的郑智康，总喜欢调侃调侃他、拿他逗逗乐，而郑智康对丁帅的疯批言行，也早已习以为常。这不，眼下要正儿八百开始写小说了，若论这创作思路上嘛，经常洗耳恭听一下丁帅的那些高谈阔论，还确实给他带来了不少启发。

那天，丁帅把郑智康叫去，说是要给他看样好东西，结果两人刚一见面，就为了讨论一个案件的逻辑演绎问题争辩了一上午，直到肚子开始"咕噜噜"叫唤了，才意识到已经是午饭时间了。

两人一前一后朝电梯口走去，突然，丁帅的脚步停了下来。

"走啊，吃饭去啊，喂！"郑智康推了推站定着的丁帅。

"等一下，有血的气味。"丁帅像只小瘦猎犬一样，四下里嗅了嗅周围的空气。

"什么？？"郑智康以为自己听错了。

"我说，我闻到有血的气味。"

两人就这么怔怔地站在1401室门外的过道上，虽然一直以来，郑智康对丁帅的种种突发奇想和特立独行早已司空见惯，但此时听到他从嘴里冒出这么一句话，还是不免惊出了一身冷汗来。

丁帅往前走了两步，伸手握住1401室的大门把手，手腕一个翻转——呀，门竟然没锁。

"你要干嘛？！人家要把你当成小偷了！"

"啊呀，进去看看嘛，说不定里面有个死人正在流血呢，那场景，你想想，多沸腾！这么珍贵的写作素材，你不想要啊？"丁帅朝他挤挤眼，做了个鬼脸。

"你在胡说八道些什么呀，弄不好……你闻到的是刚出锅的鸡鸭血汤也说不定……"

"不是，肯定不是，动物血腥与人类血腥的气味不一样的，你不懂……"丁帅说罢推开门信步走了进去，郑智康只好跟在他身后。

"您好，打扰了，家里有人在吗？我们是防盗窗安装公司的，今天下午为你们小区作产品推广，所有商品一律八五折优惠，可以免费安装试用哦……"丁帅一边往前走，一边嘴里碎碎念地吆喝着。

这是个小户型一居室，房间里非常昏暗，墨绿色的窗帘拉拢了一大半，窗前的双人床上，一名中年男子仰躺着，心脏正中间插着一把银闪闪的水果刀，鲜血渗透进白色床单和床单下厚厚的席梦思床垫里，地上殷红的一摊，仿佛还冒着肉眼不可见的热气。

"被你说中了……"郑智康的声音听上去很飘忽。

"对我的直觉力不要有怀疑，知道吧，小康康？"

"怎么办？报警吧？"郑智康说着，立马把手伸进长裤口袋里掏手机。

"啊呀等一下等一下，难得碰到这么有意思的事情，我们先来勘探勘探。"

"你管这叫做'有意思'？？"

"啊？你不觉得有意思吗？"

"你！……"

"喂！我这可都是为了帮兄弟你积累创作素材哦，你该说声谢谢我，知道吧？"

"我……"

"快过来看看呀，这可是凶案第一现场，看看能推断出些什么来……"

双人床的一侧，紧挨着墙面，死者生前貌似是个颇有人情味的人，一整面照片墙上，包含了他从童年到参加工作期间无数个值得纪念的瞬间，与他合影的人，不乏众多男女老幼，一时也无法精准判别出他和这些人目前的亲疏关系。看着死者就这样鲜血淋漓地躺在他整条人生的来路面前，郑智康心中唏嘘不已。

"你看，他右手还握着一支记号笔，这是为什么？"丁帅冷不丁的问话打断了郑智康的思绪，他循着丁帅的目光看过去，果然，死者右手呈紧握姿势，拳头中间横着一支黑色记号笔。

"难道是因为他临死前，想要留下什么讯息？"郑智康自言自语道。

"dying message……有意思……"丁帅的食指来回摩挲着下巴，神情显得意味深长。

"可是，讯息在哪里呢？床上并没有用记号笔涂抹过的痕迹啊？"

"既然他想写下点什么东西，为什么这支笔的笔帽还套在上面？"丁帅没有理会郑智康的话，抛出了第二个问题。

"有两种可能：第一，他想留下指向凶手的线索，可他拿起笔，还来不及摘下笔帽，就咽气了；第二，他临死前，确实写下了线索，但却被尚未离开的凶手发现后，又销毁掉了，所以我们现在已经没法看到了。"郑智康解释道。

"喂，如果是你说的第二种可能的话……难道凶手毁掉线索后，还不忘了套上笔帽？有这个必要吗？"

"也有可能是死者写完后，自己套上的……许多强迫症患

14

者都有这种对事件闭环的细节控制的执念，是一种常人难以理解的癖好。"

郑智康话音刚落，门外突然传来轻微的、有人走动的声响，紧接着"嘶——"的一声，一封"顺丰"快递从门缝里塞了进来。

原来是快递员……郑智康吓了一大跳。

"你说……会不会还有第三种可能？"丁帅低下头，陷入了思索。

"什么第三种可能？"

"就是说，有没有可能，事实上……并不是死者写下的讯息被凶手发现后销毁掉了，而是……"丁帅弯下腰，捡起地上那个快递信封，捏在手里。

"而是什么？你倒是快说呀！"郑智康急切地追问道。

"而是，凶手是在这个人死后，才把记号笔塞在他手里的，之所以没有拿掉笔帽，是因为……"

"因为什么？"

"是因为，凶手就是要等这封快递到达以后，再'帮'死者摘下笔帽，请他'写'下那条珍贵的死亡讯息……"

"你是说，凶手打算伪造死者留下的讯息内容？"

"对，也用来滞后警方推导的死亡时间。这么一来，很有可能死亡时间段会被限定在快递到达以后，对包裹派送签收的时间点，快递公司都是有明确记录的。"

"并据此时间段，为自己制造一个完美的不在场证明？"

"对。"

"双重陷阱？……"

"嗯。"

"那如果按你这么说的话，现在呈现在我们面前的，是凶案的第一现场，但也是凶手尚未布置完成的死亡现场？"

"是。"

"那你的意思是说，凶手随时都有可能回来完成对那条'死亡讯息'的伪造？"

"是。"

"你的意思是说，这份快递是凶手早就算好了时间，故意寄给死者的？"

"是。"

"那这份快递，应该会被凶手亲自打开，而这个包装信封，很有可能会被凶手用来让死者'写'下那条所谓的'死亡讯息'？……"

"嗯，推理过程很丝滑嘛，享受这种感觉吗，小康康？……"

"那我们还不赶快报警？！"

"这么急做什么？在犯罪现场直面凶手本尊的感受，可不是每天都能体验到的哦……"

"大哥，现在可不是你耍疯魔玩猎奇的时候！……"

"喂！我这可都是为了帮兄弟你积累创作素材哦！你该说声谢谢我，知道吧？"

"丁帅……你个疯子！！你个……"还没等郑智康骂完，门把手转动的声响就已经从不远处"咔嚓嚓"地传了过来，在极度的惶恐中，郑智康无助的双眼下意识地望向丁帅。

"不是说好今天要给你看样好东西的嘛，啊呀差一点儿就给忘了呢……"丁帅说着，抬起右手缓缓伸入外套的内侧口袋里，郑智康的目光紧紧跟随着他的举动，在布料叠加的一片阴影里，依稀看到了那个熟悉得不能再熟悉的黑色握把……

毒 之 计

刑侦大队副队长赵超这几天来一直很郁闷，原因是他手上有一个案子，明摆着是氰化钾毒杀，可却既找不出投毒的人，也想不明白投毒的方法，百思不得其解，实在是耗尽了心神。眼看着队里的老大李广平过两天就要从北京开会回来了，也不知道到时候要怎么跟他交代。

中午时分，食堂里还是和往常一样热热闹闹的，可赵超却没什么胃口，他的目光无意间扫了一眼窗口，只见老警员周培根正坐在那里津津有味地吃着一碗米线，赵超便走过去，在他对面坐了下来。

曾几何时，队长李广平、老干将周培根，加上赵超自己，他们三人是队里办案的"铁三角"，无数次，他们围坐在一起，分析、研究、推断，破获过不少线索庞杂的案件，而现如今，李广平忙于政务，三天两头出差在外，而周培根再过两个月就到了正式退休的年纪了，对于这位经验丰富的"老下属"的即将离去，赵超除了感情上觉得失落外，更主要的是，原本在案件处理的过程中遇到问题，还可以经常和老周一起探讨探讨，现在他要走了，赵超觉得心里空落落的，怕是以后遇到棘手的案子，身边连个相互启发的人都没有了。

现在的周培根，已经开始进入"赋闲"阶段了，队里就算有了新案子，大家也都默许不再劳烦他经手了，只不过此时此刻，赵超牟拉着脑袋往他面前一坐，他就基本已经猜到个十之八九了。

"怎么，有案子没找到头绪啊？"

"嗯……"

"命案？"

"算是吧。"

"什么叫'算是'？"

"啊呀……氰化钾放在红茶里，喝死一男的，但我找不出来是谁干的呀，也不知道是怎么干成的。"

"这么悬？"

"反正，没想明白……"

"要不……说说？"

"说啥？"

"说啥？说案子呀！你从头说起，说详细点儿，咱们捋一捋。"

"啊呀捋过了呀，在我脑子里都捋了一百多遍了！"

"那就再捋一遍嘛，多一遍不多，少一遍不少，耐心点。"

"那……行吧。情况是这样的。"

"嗯。"

"刘萍和陈伟是一对夫妻，王慧和张杰是一对夫妻，四个人以前是大学里的同班同学，毕业以后关系一直都挺好，经常一起出去旅旅游、吃吃饭、唱唱歌什么的。刘萍和陈伟最近刚买了新房，装修完毕后，家具和生活用品之类的也都已经陆陆续续搬进去了。那天呢，他们四人约好了，晚上去他们新家一起吃火锅。"

"嗯。"

"那天下午呢，刘萍和陈伟预约了4S店的销售看车，结果买车的手续上出了点小插曲，耽误了时间。那时王慧已经买好了很多速冻的牛肉羊肉、虾丸鱼饺什么的，怕时间久了不放冰箱会坏掉，所以就给刘萍打手机，于是刘萍就让他们夫妻俩先过来4S店拿新房的房门钥匙，拿好后，直接先去他们家等着。"

"嗯。"

"王慧和张杰拿到钥匙后，就先去了刘萍他们家。进门以后，把下火锅的冷冻食品放进了冰箱，然后王慧看到桌子上有一盒红茶和一只新茶壶，就顺手烧水泡了一壶茶。因为房子刚刚装修好，里面的东西可能还没收拾停当，所以王慧没找到喝茶的杯子，连一次性纸杯都没有，兜兜转转了半天，总算还是张杰找到两只小玻璃杯，就跟王慧说，两只也够了，两人合用一只就行。"

"嗯。"

"过了好一会儿，刘萍和陈伟夫妻俩终于回来了，按了门铃，王慧给他们开的门。两人一边嚷嚷着累坏了、抱怨着汽车销售业务不精等等之类的话，一边直接走进客厅，在沙发上坐了下来，连鞋都没换。"

"嗯。"

"然后他们四个人就围坐在客厅里，一边喝茶一边聊天，没想到聊得正起劲的时候，陈伟随手拿起杯子喝了口茶，刚把杯子放下，就口吐白沫，浑身抽搐，躺倒在沙发上。另外三人一看不对，马上打'120'叫救护车，没想到等救护车来了以后，发现陈伟已经去世了。"

"嗯。"

"我分别对刘萍、王慧、张杰三人作了问讯，他们的回答很一致，在聊天的过程当中，他们四人几乎没有人离开过座位。"

"几乎?"

"哦，唯一的一次，就是关窗户。客厅里的窗户本来是开着的，王慧说有点冷，刘萍就起身去把窗关上了，关上后，她就直接回沙发上坐下了，其他地方哪儿也没去。"

"嗯，了解了。"

"这些，是我们在现场拍下的照片，你看看。"赵超把手机递给周培根，周培根凝视着屏幕，瘦长的手指在上面左右滑动着，来来回回看了好一会儿，突然间抬起头问赵超，"现

21

场还维持着原样吧？"

"完全维持着原样。"赵超答道。

"你先吃午饭，吃完了，我们去走一趟。"

"啥意思老周，心里已经有谱了？"

"去看看嘛，看了再说。"

"好好好，那我也去弄碗米线来吃吃……"赵超长舒一口气，脸上显露出了久违的松弛感来。

两人吃完米线，便开车朝刘萍和陈伟的新居方向驶去。一路上，周培根坐在副驾驶座上，向赵超讨教他左手无名指上那个结婚戒指是在哪儿买的，问得赵超一头雾水，什么时候周培根也关心起这种事情来了？该不是老来又逢第二春了吧？

很快，到了现场，两人站在事发的客厅里。

"那天下午刘萍关的就是这扇窗？"周培根望着窗口，努了努嘴。

"对，就是这扇。"赵超回答道。

阳光照耀进紧闭的窗玻璃，泼洒在窗户前的白色小案桌上，案桌上晶莹的透明玻璃花瓶里，插了好几支仿真的红玫瑰，明媚夺目的红色，比真花更显艳丽。

"你看看，就这么屁大点地方，四个人围坐在一起，要是有一个人朝红茶里投毒，其他三个人会没看见？除非……三个人都是共犯，蓄谋已久，杀了陈伟后，统一口径给出假证词。"

22

"不至于吧……"

"那你倒是说说看，在三个人的注视下，这毒，是怎么投的？"

"陈伟和他老婆，合用一个杯子？"

"对啊。"

"那要是他老婆趁着喝茶，把毒吐到茶水里呢？"

"你是说……刘萍把氰化钾粉末含在嘴里？故意耍我是吧？"

"不不不，有一种糯米制成的薄纸，不知道你注意过没有，就是用来包糖果的那种。"

"哦，这我知道，吃到嘴里一会会儿就化掉了。"

"对啊，无色无味。"

"你的意思是说，刘萍把氰化钾粉末包在糯米纸里，再含进嘴里，然后假装喝茶，把这包毒粉吐在她和陈伟合用的茶杯的茶水里，再等着老公喝下一口？"

"对啊，就是这么回事。"

"那我请问你，她这么做，和自杀岂不是只有一线之隔？"

"你说得没错，但从理论上讲，只要她在正式动手之前，反反复复进行练习，得出糯米纸包含在嘴里不被融化的最大时间值，那么，事态还是属于可控的。"

"好，就算真的是这样，那么你认为在她行动之前，事先把这包毒藏在哪儿了呢？"赵超再度掏出手机，给周培根看了事发当天刘萍的照片。那一天，她穿着一袭白色连衣裙，一字型的领口遮到了锁骨上方，"咱说句不合适的啊，就算她把东西藏在自己的内衣里，当着其他三个人的面，她也没机会拿出来呀。"

"你小子！也不一定非要藏在那种地方嘛……"

"那你说究竟藏在什么地方？"

"这个嘛……要不这样，把你手上那个戒指给我，我给你变个魔术！"

"啊？？"

"我说，给你变个魔术，要不要看？"

"要看！要看……"赵超诧异之余，只好一边答应着，一边取下戒指递给周培根。

"这样，你转个身。"

"转个身？"

"对，三百六十度，转。"

赵超乖乖地按周培根说的，三百六十度转了一圈。

"哈！看，你的宝贝戒指，没了。"

"啊？？"

"事先声明啊，可不在我身上。"

"那戒指呢？？"

周培根扒开窗前一支玫瑰花的花骨朵，只见闪闪亮的铂金戒指，正躲在层层支棱着竖起的花瓣当中，静静地躺在嫩黄色的柔软花蕾上。

窗前的玫瑰花苞……

关窗的时候？……

刘萍？……

一切谜题，顺势而解。

赵超恍然大悟。

装修一新、用来自住的房子，为什么整个厨房里却只找到两个茶杯？

而相比之下，显得无关紧要的、仅仅是用作摆设的仿真花束，却早早给安排上了？

赵超一刻也没有耽误，立即派人仔细搜查了刘萍和陈伟的新居，却并没发现什么有价值的线索，然而这次他没有泄气，转头又搜查了王慧和张杰的家，最终在张杰书房里的书柜底层，发现一个隐蔽的小抽屉，抽屉里装有糯米纸包装盒若干，此外，在搜查厨房的时候，发现搁置油盐酱醋的柜子上，非常突兀地堆放着四五包未开封的辣椒粉，然而经问讯后获知，王慧和张杰两人平日里极少吃辣，且王慧非常确定地告诉赵超，他们家里，最近，根本没有买过什么辣椒粉！

多少次？

赵超突然很想问问周培根——"你觉得刘萍用辣椒粉究

竟试了多少次？"

究竟是深陷在怎样一种火热的、淋漓的爱欲里，才会让这个一袭白裙的年轻女子，如此心甘情愿地，带着自信，或侥幸，在自取灭亡的悬崖峭壁边缘，试图轻巧地一越而过？

倒 计 时

身为分局刑侦大队一把手的李广平，近来一直忙于政务工作，隔三差五地就要去北京出差，所幸下属们都相当得力，队里目前主抓的几个案子，各项调查都在井然有序地推进中，这让李广平感到非常放心。

前几天，一个文化圈的朋友给他打电话，说有件事要拜托他务必帮忙，大意是关乎于一位女作家接连收到恐吓信的事情，情况比较紧急。也是多年的老交情了，李广平获悉后，对此事也非常上心，考虑到该作家是位女性，便特意安排，让队里的标兵女警员肖燕来负责此项任务的全程跟进。

肖燕，是迄今为止刑侦大队里唯一一位在工作中零失误、零差错的优秀警员，她专业过硬，实操能力强，曾屡次圆满完成风险系数很高的潜伏与勘查任务。在她的内心里，充满了对刑侦工作的无限热忱，且勇于奋斗，积极要求进步，把"不想当将军的士兵不是好士兵"这句名言视为自己的座右铭。因此，她也是今年年底晋升副队长一职，最被领导们看好的后备人选，李广平对她非常信任，所以将朋友的郑重之托委派给了她。肖燕接到任务后，便立即着手开展工作。据她了解，这位年轻女作家名叫林雯，几年前，由她创作的一部长篇悬疑小说获得了"收获杯"最佳文学新人奖，此后，又陆陆续续出版过几部作品。在当今的文学创作领域里，她不属于那种拥有超高人气值的作家，但也算是小有所成。然而近期，她不断收到类似恐吓、诅咒的信件，这让她感到惶恐不已，所以才辗转托人找到李广平帮忙。根据林雯的讲述，事情经过是这样的：

一个月前，林雯每隔三天，就会从信箱里拿到一个紫色的信封，信封里有两张字条，第一张上面写着——"下地狱吧，林雯。"第二张上面，标注了一个阿拉伯数字，第一次是"10"，第二次变成了"9"，第三次变成了"8"，就这样以此类推。直到近一个月后的前天，她收到了与之前相同的诅咒她下地狱的话，以及倒计时"1"的数字字条。

已经倒计时到"1"了，这意味着什么？林雯在叙述的过程当中，显得惊恐万状，瘦黑的脸颊上皮肤干裂，显出一道道褶皱来，扁平的鼻梁和硕大的鼻头因为刚刚哭过看上去肿胀不已，那双布满血红丝的小眼睛里充满了焦灼与无助，像是一种无声的恳求，恳求肖燕的保护。

肖燕随即便问她，在文学创作这个领域里，有没有得罪过什么人，或者有没有介入过与其他作家之间的恶意竞争？林雯摇摇头，说她虽然得过奖，但事业上并没有获得想象中那么大的起色，出版过的几部作品，也都销量平平，因为自身不冒尖，所以也谈不上会介入恶意竞争之类的事件。在肖燕的一再确认下，林雯又仔细想了想，说当时的文学新人奖，是同时颁发给两位新人作家的，除了她自己，还有一位女作家，名叫陈梦。与林雯不同的是，陈梦获奖以后，事业发展一片坦途。

"听说她背后有一个很专业的营销团队，也难怪，后来写的每一部作品都大卖了呢。"林雯说话的语气听上去酸酸涩涩的，带着一丝似有若无的羡慕嫉妒恨。

在与林雯作了一番详细沟通之后，肖燕初步推断，写这些诅咒信的人，最有可能的，应该是她的读者，出于某种超乎常理的心态，渴望在自己喜欢的、或厌恶的作家面前，展示自己的存在感。按照之前信件到达的日期推算，明天，就又到了收信的日子了，但正如林雯所担心的，如果上一封信里，倒计时已经到了"1"，那么也就是说，明天……就该是林雯"下地狱"的日子了？

肖燕非常能理解林雯此刻内心的恐惧，她考虑了一下，决定马上立案，之后，为了妥善保护林雯的安全，她做好了二十四小时对她进行近身守卫的准备。说来也巧，肖燕本身就是个悬疑小说迷，林雯的作品对她来说并不陌生，此时，自己喜爱的作家遭遇到这样的困境，于公于私，都让她感到义不容辞。

"林小姐，别担心，无论发生任何情况，我都会全力保护好你的，相信我。"

简简单单的一句话，从肖燕的口中说出来，却是充满了铿锵的力量与安全感，林雯的状态开始显得如释重负。肖燕开着车，载着林雯驶往她的住处，此时已近黄昏，林雯一路在手机上点了披萨、薯条和鸡块当晚餐，她们俩刚抵达不久，外卖小哥也提着食物准时送达了。肖燕打开外卖包装袋，食物温热，散发着诱人的香气，不过，好像没有饮料……

"呀! 都怪我，心不在焉的，喝的东西忘了下单了! "林雯自责般地小声说道。

"不用不用，我喝白开水就好了。"

"哦对了，家里还有半瓶韩国米酒，虽说是酒，不过……只有六度的酒精含量，就跟饮料差不多，肖燕姐喝那个没问题吧? "

"按理说是没问题的，不过我在执行公务，就不碰酒精了，还是喝白开水吧，一样的。"

"那好吧……我去给你倒。"说着，林雯朝厨房走去，不一会儿，便端来一杯冒着热气的白开水，"肖燕姐，你做事情可真严谨，难怪是零失误率的标兵呀……"听着林雯说话的语调比两人刚见面时明显放松了不少，肖燕心里颇感安慰。天色渐暗，两人一边吃着餐点，一边随意地聊着天，肖燕说起自己经常阅读悬疑类小说，比起陈梦的作品里那种"情人搭档"的侦探人设和在刑侦案件里强行插入的男女恋爱情节，肖燕更喜欢林雯的书里所包含的缜密的逻辑推演、意料之外的诡计设定、和对作案动机深刻的分析，这种分析，揭开了人性最深处的隐秘情感，虽说悬疑小说属于通俗读物，但她觉得就林雯的作品而言，其立意与内涵，完全可以和纯文学类作品相媲美。

"说起来真是很奇怪啊，为什么同样是拿了文学新人奖的作者，你的书却卖不过陈梦的书？"

"她么……哗众取宠呗……"林雯眼中满是不屑，"就喜欢写些小情侣打情骂俏的情节，靠这些来吸引中学生买她的书呗。"

"可够聪明的，学生的钱果然是最好赚的啊……"

"是呀，一旦迷上了某个作家，那些小孩子们就会疯狂地收集他们全部的作品，还会拍了照片放在微信的"朋友圈"里展示，这样读者就变得越来越多了呀。哦对了，还有一个原因，就是陈梦仗着自己长得漂亮，你知道吗，她最喜欢在自己的微博里隔三差五发自拍、晒动态，都是那种精心打扮后，加了美颜滤镜的美女照片，还时不时和粉丝们聊天互动，真是恶心，完全没有一点点文化人的风骨……"

"这么低阶的营销方式，倒反而收获了这么大一个读者群，听起来确实让人既失望，又无奈啊……"肖燕回想起自己曾购买过的几本陈梦的小说，这些书的装帧设计都非常推陈出新，封面的色彩也极其艳丽，每本书的个人简介里，还附有陈梦的肖像照——高挺的鼻梁，娇俏的鼻头，皮肤白皙，一双迷人的杏眼，眼梢微微上扬，眉尾有一颗小小的、浅褐色的痣，好像是刻意点缀上去的，像美人鱼的泪滴，充满了迷朦与柔媚。

"是呀，所谓的文学界，并不是人们想象中那么洁净高远的象牙塔，都是低级趣味！肖燕姐你知道吗，陈梦还做过……做过更恶心的事情呢……"可能是那六度酒精挥发出来的酒意，林雯说话开始变得有些无所顾忌。

"什么更恶心的事情？"

"去年，有一次，她居然打电话联系到我，跟我说，反正你这么写下去，也不会火，也没什么前途，更赚不了什么钱，你看你长得这么丑，人家就是想要推销你，也推销不出去呀，要不这样吧，你跟我合作，你把你写完的书给我，以我的名头出版，等书大卖以后，我分你百分之五利润，你看怎么样？

"被我一口回绝掉了！她奶奶的，我后来狠狠地骂了她一通才解气！"

"怎么说也算是位公众人物，这个陈梦，可真是够过分的，真没想到……"

"这个女人，真的，下作起来，没底线。"

"不过……"

"怎么了，肖燕姐？"

"我是在想，你当时要是骂了她的话，她心里肯定恨上你

32

了吧？那她要是一直怀恨在心的话……我在想那些信，该不会是她寄出来的吧？要不然……我和李队联系一下，看看是不是派两个兄弟过去盯上她几天……"

"噗——"地一下，正喝着米酒的林雯好像突然被呛到了，咳嗽个不停，脸涨得通红，"哦不不不，这倒是绝对没可能的，真要写骂人的信，那也该是我写给她才对呀，哈哈……"

肖燕看着林雯被米酒呛到后的神情，脑海中隐约掠过一丝异样，也许是因为思绪紧绷了一整天，神经有些过敏了吧，肖燕心里这样宽慰自己，而那一丝细微的感知，也就这么一闪而过，稍纵即逝了，之后两人依旧聊得很投机，还互相加了微信，不知不觉，夜已经很深了。

"肖燕姐，今天晚上你真的不睡啊？"

"那当然，执行公务嘛。好了你别管我了，早点睡吧，记住，一切照旧，别有心理负担啊，这儿有我在呢！"

林雯感激地应允了一声，铺好床，起身去厨房给自己倒了一杯温水，肖燕这才知道，林雯长期患有心因性失眠症，每天入睡前，必须遵医嘱服用安眠药。不过林雯自己似乎早就对此习以为常了，还开玩笑说，疫情封控的三个月里，她最担心的不是感染上病毒，而是家里的安眠药吃完了，却没办法上医院去配药，"那时候可把我担心坏了，哈哈，幸好我有先见之明，平时备了大量的'存货'，别说三个月了，吃一年都没问题！"

林雯说罢，安安心心地躺进被窝里，不一会儿，好像就已经入了眠。她的手机里，循环播放着安神助眠的"白噪音"，那是大雨滂沱，雨滴落在伞面上的击打声，据科学研究，这个频率的噪音对睡眠有很大的促进作用，肖燕自己平时偶尔睡不着的时候，也会听上个几分钟，让自己的内心回归平静。

此时夜色深沉，漆黑的房间里，传来林雯细微的鼾声，肖燕的意识似乎渐渐陷入了这雨声和鼾声融合的深谷里，她几度挣扎，迫使自己必须保持清醒，然而，仿佛那个深谷有着某种摄人魂魄的魔力，让肉体凡胎的她，让拥有着最顽强的信念感与意志力的她，还是没能抵挡得住。肖燕逐渐失去了意识，沉入了无尽的深不见底当中……

不知过了多久，突然，耳边传来门把手转动的声音。

"什么人？！！"

肖燕逼迫着自己虚弱无力的身体，强行从沙发上坐起来。

只见林雯穿着睡衣，睡眼惺忪地站在洗手间门口。

"肖燕姐，是我。刚刚起来上厕所，袖子勾住门把手了，你警惕性可真高……"

窗外已是晨光初现，肖燕在慌忙错乱中看了一眼手机，天哪……已经是早上五点五十分了……

这天，林雯准时收到了那个匿名者寄来的紫色信封，她紧张地打开一看，没想到上面却写着这样的话——

"向你的经典悬疑桥段致敬，林雯小姐，没吓着你吧？哈哈哈，预祝愚人节快乐。"落款是"一位爱戴你的悬疑小说读者"。

"你出版的那几本小说里，到底有没有写到过与此类似的案件情节？"肖燕追问林雯，林雯瞪着她那双充满疑惑的小眼睛，过了半晌，终于恍然大悟般地狠狠点了两下头。

果然是恶作剧……

果然是林雯的读者干的……

再过几天，就是愚人节了……

一切圆满告终，肖燕完成了保护任务，还和林雯成了好朋友，两人经常在微信里交流阅读心得。后来肖燕才得知，就在她保护与陪伴林雯的那天夜里，女作家陈梦在自己的寓所里遭到了残忍杀害。由于各公安分局的管辖范围不同，关于陈梦的案子，肖燕了解得也不多，不过据说在罗列嫌犯的时候，名单上有林雯的名字，拟定的作案动机竟是——"同行间恶意竞争遂起的杀念"，好在林雯那天显然已经有了确凿的不在场证明，所以很快就被排除在外了。

三个月后，肖燕被委以刑侦大队副队长的职务，上级领导们殷切地希望她能把这个"零差错、零失误"的纪录永远地保持下去。那一刻，肖燕笑容满面，踌躇满志，她知道在将来的某个时刻，她会顺利接替李广平的位置，她知道在将来的某个时刻，带领着全队人马冲锋陷阵、所向披靡的场景，已经不再仅仅是深藏在心底的一个美好梦想而已了，她满怀着振奋，兴致盎然地打开微信"朋友圈"想写下点什么留作纪念，无意中看到林雯晒出了自己在整容医院做完脸部整形手术后恢复的照片——哇……鼻梁明显是垫高了，小小的圆鼻头可爱至极，脸上的皮肤在漂白后显得平滑细腻了很多，大大的眼睛，双眼皮切得很深，眉角还特意用化妆笔点了一颗美人痣，看上去俨然已经成了个百分百的小美人儿了。肖燕的内心充满了一种令人雀跃的欣喜，一时分不清是因为想要赞美林雯的美丽容颜，还是因为想要鼓舞自己的前程似锦……

趣味推理（一）

"哇……今天这车堵得……"郑智康伸了下脖子，望了一眼窗外缓慢行进的车流。

"半小时的车程，已经开了一小时二十分钟了。"赵超用手掌摩挲着方向盘。

"以后能不能跟老大提提，局里的这种培训，就让刚进队里的小朋友们去参加吧，我们都是手里有事要做的人，这样来回折腾，一天时间就白白浪费掉了，真是急死个人！"肖燕一脸无奈地嘟哝道。

"咱小燕子是大红人一个，这种事情嘛，就应该你去跟老大讲，这样老大才能听得进去，你说对吧？"赵超讪笑了一下。

"嗯，我是大红人，你不红啊？你都当了多少年老大的左膀右臂了？……"

"我红啥，都已经是转文职的老人了，已经进入半退休状态了。"

"话说超哥，你干嘛非要转文职啊？这二把手干得好好的，以后要是让你天天坐在档案室里写材料，不闷得慌吗？"

郑智康不解地问道。

"这不是给你小师姐腾位置嘛,你小师姐可是个人才啊,工作到现在,零差错、零失误率,你想想,这可是破了纪录的呀。"

"你拉倒吧,明明是你撂下这摊子事自个儿图清闲去了,老大也是不得已才让我过去顶一顶的,你可别忽悠我们小康康啊,我们小康康是实诚孩子。"

"啊呀超哥,究竟是为啥嘛?为啥非要转岗嘛?"

"啊呀……你嫂子不希望我在一线拼,她觉得太危险了。"

"这样啊……"

"她这个人嘛,就是太敏感,我一出任务,她就整夜整夜担心得睡不着觉,医生给她开的安定片,剂量越吃越大,都已经产生耐药反应了。唉,我怕她这样下去,身体要出问题。毕竟,儿子还小……"

"嗯,能理解,你们有家庭的男人不容易的,样样都要顾及到,不像本姑娘我,单枪匹马闯世界,孑然一身,怎样都行。"肖燕轻轻叹了口气。

"要我说啊,您应该让您儿子去说服说服嫂子,上回我见他对您老崇拜了,说我爸爸是专门抓坏人的大英雄,宇宙无敌!"

"小康康你还别说,我儿子倒是真的崇拜我,小时候给他买玩具,他只要小手枪、冲锋枪啥的,其他都不喜欢,现在大了，放学回来就捧着本推理小故事书，看得还津津有味。"

"啊哟，才念小学，就开始培养他的推理思维啦？你对你儿子可真是寄予厚望啊。"肖燕揶揄道。

"哪儿啊，我可从没想过让他干这一行，是他自己挺有兴趣，叫他妈给他买的书。"

"现在的孩子都成熟得早，不像我们小时候，只看带图片的连环画。"

"还真是，现在我和我儿子说话啊，感觉他基本上都已经是成年人的思维了，小大人一个！"

"你儿子读的是哪些推理故事书啊？我也想买几本给我侄女读读。"

"啊？你侄女已经这么大了吗？"

"是呀，我弟弟结婚早。"

"你看看，弟弟的娃都会读书了，你可得抓紧点儿。"

"有什么用，娶了个长了脸蛋没长脑子的，唯一的爱好就是每天晚上看琼瑶剧，就连给自己女儿起个名字都是琼瑶式的，一点都不大气，真受不了。"

"起了个啥名字啊？"

"叫'依依'，是不是听上去跟没长骨头似的？唉，要知道孩子的智力可是随妈妈的啊，搞得我小侄女现在，整天就只知道和白雪公主比谁更漂亮，明明瘦得跟麦秆似的，还非说自己太胖了，白雪公主的裙子都穿不上了，非要把自己饿瘦一些，现在给她买巧克力，一块都不吃！"

"小孩子嘛，沉浸在童话世界里，正常。你也太苛责了，总不能所有女孩子长大了都跟你一样冲锋陷阵吧？"

"那不行，我得多锻炼锻炼她的脑袋，我弟他不上心，我可不能不管。"

"那行啊，我儿子书柜里这种书多得是，什么侦探故事、趣味推理之类的，确实还挺能锻炼小孩的思考能力的，回头我列一列，给你个书单。"

"好嘞，谢谢小舅舅啊。"

"客气啥，嘿嘿……要我说尤其是那套《趣味推理集》啊，我随手翻了翻，还真有点被怔住了，里面的内容完全可以拿给成年人来读，真的，难度一点都不拉垮。"

"不是吧？……"郑智康呵呵一笑。

"你不信？你不信我讲出来给你们听听。"

"你少扯淡吧……少儿读物……"肖燕白了赵超一眼。

"既然超哥那么推崇，那您就说一个来听听呗，那个什么……趣味推理，让我和小师姐也学习学习。"

"那我就给你们讲一个，你们认真听好啊，案子后面有问题要你们回答的。"

"嗯嗯，正聚精会神呢，就怕答不上来，慌得一批……"肖燕强忍着笑意。

"认真点认真点，这是一个关于'交换杀人'的案子，内

40

容是这样的啊，它说呢，有一天，王先生来到私人侦探邦里，向侦探求助。事情是这样的，几天前的一个晚上呢，王先生在酒吧里偶遇了张先生，两人喝醉以后呢，就各自向对方倾吐心里的不愉快。王先生说，他想杀了他老婆，张先生说，巧了，我想杀了我老板。

"于是两人就约定，采用'交换杀人'的方式，这样，他们自己都能为自己制造一个完美的不在场证明，警察也查不到凶手和死者之间有任何关联，所以两人既都能达成心愿，同时又都能逃脱罪名。两人当场一拍即合，达成约定后，便分道扬镳，各回各家了。

"到了第二天早上，王先生酒醒后，想起了昨天晚上的那个约定，觉得很荒唐，也就没再多想，他的生活便也一切如常，结果没想到，过了三天以后，王先生偶然间在报纸上看到一桩案件——张先生所提到的那个老板，竟然被杀害了。

"王先生当时很害怕，他心想，张先生一定以为他那个老板是王先生杀的，所以肯定会遵照约定，来把王先生的老婆也杀了。可是王先生当时只是酒醉后发泄发泄而已，并不是真的想要置老婆于死地，但是张先生的手机号码被王先生在酒醉后回家的路上不小心弄丢了，现在完全联系不上他了，所以王先生很着急，连夜让老婆躲回外地娘家去了，现在，他自己一个人住，只有他的妹妹有时候过来帮他料理一下家务。他向侦探求助，想请这位侦探帮他找到张先生，然后说明情况，解除这个误会。

"试问，假如你是那个侦探，请根据王先生以上的叙述，罗列出该'交换杀人'事件，一共存在几种可能性？"

"这不难吧，有可能那个张先生的老板是被其他仇人所杀害的，但张先生不知道，以为是王先生履行了'交换杀人'的约定，所以动了手。于是张先生也遵守约定，准备找时机去杀死王先生的老婆。"郑智康阐述得头头是道。

"回答正确，这是最基本的一种可能性，其他还有没有？"

"又或者……那个张先生的老板，很有可能就是被张先生自己杀死的！"肖燕正想说点什么，被郑智康突然抢断了话，"之前张先生暗中把自己和王先生相约'交换杀人'的那些对话都录了音，以后拿给警方听，就可以作为证据，证明那个老板的死，是王先生遵循约定而完成的，而且他肯定会做好时间上的安排，给自己制造一个不在场证明。至于杀王先生的老婆嘛，他根本就不会去做的，'交换杀人'的约定本来就是张先生对王先生的一场利用而已。"

"嗯，这确实是一种可能性，还有吗？别的可能性？"赵超瞟了一眼正在倾听与沉思中的肖燕。

"我觉得也许是这样，王先生对侦探撒了谎，实际上根本就没有'交换杀人'这件事，也不存在所谓的张先生其人。王先生打算故意先和侦探这样说，然后再设计杀死自己的老婆，让侦探误以为是张先生动的手，从而力图去搜寻一个根本不存在的凶手。而那个所谓的张先生的老板之死，只是王先生偶尔在报纸上看到的案件而已，一个全然不相关的案件，被王先生编进了自己杜撰的故事里。"

"可以啊小燕子，三种了，三种了啊! 还有没有别的可能性? "

"额……想不出来了……"郑智康挠了挠头。

"小燕子呢? "

"暂时还没有什么思路……"

"我给你们提个醒啊，在王先生的整个叙述当中，有没有什么线索，是被你们忽略掉的? "

"忽略掉的? "肖燕耳语一般轻轻地反问了一句。

"没有忽略啊! 都考虑进去了啊……"郑智康依旧很自信。

"我告诉你们，第四种可能性是——王先生编了整个故事，目的是要杀死自己的妹妹，并且让警察认为，是张先生前来想要杀王先生的妻子，但是杀错了人。你们居然完全忽略了'王先生很着急，连夜让老婆躲回外地娘家去了，现在，他自己一个人住，只有他的妹妹有时候过来帮他料理一下家务。'这句话，可能你们觉得这个细节看上去完全没有用，所以压根儿就没有考虑进去，拜托啊，出题的人怎么可能给出完全没有用的细节呢，王先生就是想借'交换杀人'的交易这个由头，把出现在他家里的那个女人，从老婆换成妹妹，从而达到他的真实目的。"

"这……这都什么跟什么啊……"郑智康一时语塞，不知道该说什么好了。

"哈哈，没想到吧? 欠考虑了吧？"赵超颇为得意。

"可是，王先生为什么要杀他妹妹呢？"肖燕一脸惶惑。

"那理由多了去了，比如争夺遗产、小时候被妹妹欺负落下了复仇人格、父母偏心引起的嫉妒、妹妹无意中知道了什么不该知道的秘密，等等等等，你要怎么猜想都不为过。"

"喂! 赵超，这是少儿读物吗?！"肖燕不服气地嚷嚷道。

"是少儿读物呀! 妥妥的，我儿子的书。"

"好像给我侄女读这种书不大适合啊……有点太深太复杂了……"

"我倒觉得很有必要给她读一读，女孩子，要早开悟，早早地把洞悉人性本来面目的能力攥在手里，这样长大了才不会受骗上当。"

"你说的确实也有道理……"

"那是肯定的呀。"赵超说着，一脚踩下油门，总算这一段路不那么拥堵了。

"嗯……那要不，我先买了，等过两年再给她读，现在嘛，就让她在美好的童话世界里稍微再多呆两年吧……"肖燕望着车窗外湛蓝的天空，若有所思地说道。

报　销

"喂，跟你说个事儿。"丁帅冷不丁地拍了一下郑智康的脑袋。

"什么事儿啊？"郑智康捋了捋被他薅起来的头发。

"我听说最近，我们这边区政府对文化事业的支持力度好像拉得很大啊，看来你要发财了。"丁帅揶揄地说道。

"什么发财啊，写作纯粹就是一种精神享受，和钱财能有什么交集？"

"怎么没有交集，你啊，就是两耳不闻窗外事。我跟你说，现在我们区里的文化部正在大力扶持独立创作，只要是隶属于作家协会的创作人员，不管是外出采风体验生活，还是跑到各地去采访，只要你的消费项目是和你的创作成果有直接关联的，都可以申请全额报销，不要太划算哦！"

"这有什么划算不划算的？我又没什么消费支出是和写作有直接关系的，我不需要报销。"

"啊呀，你这人怎么这么拎不清啊，你看啊，现在这个条文刚刚开始实施，正是报批条件最宽松的时候，知道吧？更何况你郑智康是谁啊，对吧？"

"我说你到底什么意思啊？神神叨叨的跟个媒婆似的。"

"我的意思就是说，你，是刑警大队里出来的，你的作品，是妥妥的社会正能量，卖得又火，是文化部里最推崇的作家之一，所以说呢，只要是你上报的消费项目，估计他们连看都不看就批了，这一过审批，钱不就下来了嘛！"

"喂，你别胡说八道好不好，首先，我写作是为了实现理想和宣扬正义，其次，我不是那种绞尽脑汁贪图国家下放资金的人，再次嘛，要说我为预备创作所支出的费用，说实话，确实好像还真没有……"

"我说郑智康，你是不是有点'轴'啊？什么叫'预备创作所支出的费用'？这个定义本来就很模糊嘛，只要算得宽泛一些，那你买的任何东西，都可以算作'预备创作'的支出啊，那不就都可以凭发票报销了嘛！"

"我说你这家伙，在这儿唧唧歪歪了半天，请问，我能不能凭发票报销，这事儿跟你有什么关系啊？"

"啊呀，你是不知道啊……"

"我是不知道啊，你告诉我呗。"

"我爸……最近掐我生活费，掐得贼紧……"

"哈！我说你怎么这么积极呢……哦，原来是这意思？叫我拿我的发票去报销，报销下来的钱，给你花？！"

"啊呀你说话声音轻一点，让邻居听见了多不好，影响你的名声……"

"那你就是承认了，是吧？鼓动我把购物发票拿去审批，批下来的钱拿来给你当零花钱？"

"什么叫'给我当零花钱'啊？我们俩一起花的好不好？……再说了，我也没少为你的创作事业添砖加瓦作贡献啊，这你总不能否认吧？"

"嗯，这个倒是真的，我不否认。"

"那不就行了，哪儿那么多废话……"

"可问题是，我确确实实没有什么支出是和创作直接挂钩的啊，就算再'宽泛'，也挨不着边啊。"

"这你先别管，你现在手上有多少购物发票，都找出来，给我看看。"

"你要干嘛？"

"啊呀你快点，找出来。"

以郑智康一贯刚正不阿的为人做派，怎么可能真的照着丁帅出的馊主意去做呢，不过倒是真的很少看到他也会显出这么"猴急"的姿态来，想到平日里自己老被这臭小子当傻瓜一样开涮，郑智康心里萌生出了特别想要戏耍戏耍他的恶趣味来。想到这儿，郑智康心里窃笑不已，立马进入了表演状态。

"哦哦……那我找找……"郑智康拉开抽屉，取出一个手包，手包里装着一小沓发票，他把发票抽出来，摊平，数了数。

"应该都在这儿了，七张，你看看。"

Monler 牌羽绒服

Canada Sheep 牌羽绒服

"鸽巢"速溶咖啡

西湖龙井茶

两箱苹果

"陈师傅"牌方便面

白色"阿森纳斯"牌运动鞋

"啊哟，你买了两件这么高档的羽绒服啊？都是奢侈品牌啊，不得了，到底是名作家，身份不一样。"丁帅"唰唰"地浏览了一遍发票。

"哪儿啊，'折上折'的时候买的，打算穿上个半辈子呢。"

"你老婆对你可真大方，嗯……不错不错，这些都可以用得上。"

"啊？？用得上吗？……"

"啊什么啊，我再问你，你最近新写了多少篇小说？我是指还没来得及公开发表的。"

"我最近都没写什么东西啊。"

"一篇也没有？？不可能吧？"

"一篇……一篇好像倒是有的，不过好像真的只有一

48

篇哦。"

"OK, 一篇就一篇, 一篇够了, 你听我说, 你把那篇小说里的字句, 稍微修改一下, 把这几张发票所购买的东西, 想办法加进这篇小说里去, 知道了吗?"

"神经病啊, 我才不干呢!"郑智康一脸坚定不移。

"啊呀别啰嗦, 快点落实。"

"都说了我不干啊! 要加你自己去加! 真是的……有辱斯文, 有辱气节!……"

"行行行, 那你把这篇小说发我邮箱里, 过会儿我来加, 这总可以了吧? 不要这么激动嘛, 唉……"

郑智康点开手机屏幕, 操作了一番。

"我发你了, 你自己去'填鸭'吧, 填完别让我看啊. 有辱斯文, 有辱气节!……"

"那个……回去跟你老婆说说, 你现在是知名作家了, 生活质量要相应地多提高提高, 看看家里还有什么需要买的, 赶紧都买起来。"

"滚蛋滚蛋!"郑智康强忍住大笑, 假装一脸嫌弃, 心里想着, 我倒要看看这傻子是怎么把我买到的东西全都加进小说里去的, 个白痴……

丁帅掏出手机, 从电子邮箱里收了邮件, 下载文档后, 打开看了看, 是个三千多字的小短篇, 标题为"领养的孩子",

原文如下：

领养的孩子

"伟成你看，我们浩儿多可爱，你看他的小脸蛋，红扑扑的，像只小苹果……"林欣妮怀里抱着刚出生两周的男婴，逗弄着他，笑得乐不可支。

三天前，当赵伟成和林欣妮夫妻俩接到私人育护领养中心的电话，告知他们有一个健康的男婴刚出生不久可待收养的时候，他们欣喜万分，并把这个好消息告诉了孩子未来的外祖父——林欣妮的父亲林鹤平。林鹤平得知是个男孩后，非常高兴，给他起了名字叫林浩，虽然他的独生女欣妮生性聪颖，完全能够独当一面承接他名下的产业，但几十年后，她也是要老的，没有后代继续家族的传承是万万不能的。

此时，赵伟成心里也是乐开了花，当年因全市长跑比赛获一等奖加分进入重点大学的他，毕业后求职应聘到了林鹤平名下的一家顾问公司工作，一个籍籍无名的大学毕业生在工作中也并没有什么特别出色的表现，而之所以被老板看中做了上门女婿，不外乎是因为他优异的身体素质可以保证并优化下一代的机体基因，当然，他为人忠厚谦逊、家底质朴清白也是重要的考虑因素。怎料想婚后，林大小姐在医院查出生殖功能有恙，心疼女儿的林鹤平最终还是开明地放弃了勉强周转生育亲子的想法，此后领养计划便被提到议事日程上来了。

赵伟成没有想到，几星期前刚刚在领养中心作了登记，竟这么快就接到了通知。不过，夏护士长在电话里已经有意无意地透露了，她是私下跳过排在他们前面的八九对夫妻，为他们破格提前了领养顺序的，赵伟成当即会意，在信封里塞满厚重的礼金，去接孩子的当天，进门后一个错身，就把信封塞在了夏护士长宽敞的白大褂衣袋里——"夏老师，您费心了……"

　　夏护士长名叫夏清，也算是这家私人育护领养中心的开院元老了，她满脸笑意，对夫妻俩表达了祝福，又作了养育方面的各种叮嘱，临走的时候，说领养合同上还有些后续的款项需要核实和支付，示意赵伟成稍留一下。林欣妮心急地想早点回去把孩子给他外祖父看看，于是赵伟成把她送上了奔驰车，嘱咐家里的司机先把太太送回去，他亲吻了一下浩儿的小额头，又亲吻了一下欣妮的脸，说自己办完手续马上就打车回去。

　　赵伟成跟着夏清走进了楼道尽头的一间办公室，正等着她拿合同办手续，可眼前这个女人却一言不发，点了一支香烟猛抽起来。这让赵伟成颇为反感，他忍不住小声咳嗽了两下。

　　"赵先生，你们夫妻没有孩子，是哪方的身体原因造成的啊？"夏清突然发问。

　　"额……是欣妮……她两侧输卵管都堵塞得很厉害，医生说即便是动手术的话，也不能保证一定能怀上孩子，所以……"

　　"其实现在虽然政策上不允许，但私下里，愿意做代孕妈

51

妈的健康女孩还是很多的啊，而且像我们育护中心这样的机构，拥有世界最先进的精卵冷冻贮藏设备，就算是长期冷冻的精子和卵子，活性都依旧保持得非常好，很多大龄单身职业女性现在想要一个自己的孩子，是很容易实现的。"

"我们之前确实也考虑过，但是……女性取出卵子的过程……据说也是要承受很大痛苦的啊，欣妮的爸爸和我……都不舍得她受这样的苦……"

"你们家人之间感情真好，真让人羡慕啊……唉，要不是因为我年龄太大没有精力照看孩子，我倒还真想找代孕生个属于自己的宝宝呢……说出来不怕你笑话，因为我们家有卵巢早衰的遗传疾病，所以我妈妈在我十九岁那年就带我到医院，把我的卵子取出作了冷冻处理，可惜我命中没有姻缘，辜负我妈妈当年的苦心了，那个时候，冷冻卵子的技术还没有普及，我们家算是走在时代潮流的前列了。"

天哪……这个女人到底在干嘛? 不是说要看合同核实款项吗，怎么拖拖拉拉的，该不是嫌刚才给的礼金不够多吧? 我这正着急回家呢……赵伟成心里焦急得很，又不好意思把天聊死，只好敷衍地继续着话题，"夏老师……那您现在和父母亲人一起生活吗? "

"我没有亲人啦，我爸妈很早就去世了，原本还有个妹妹，可是她被人杀死了。"

"对不起对不起……我不该让你想起这样的伤心事。"赵伟成满脸歉意的样子。

"没关系，都是过去的事了。当时警察还判定是入室抢劫杀人，因为房间里的抽屉柜子全被翻得乱七八糟的，银行卡和存折都不见了。但是怎么可能呢，案发后，我是第一个进她家的，是我报的警，当时房间里一股很浓的栀子花香，这是我妹妹最喜欢的香水味，她平时只用一点便宜的橙花香水，只有很认真打扮去见长辈或者喜欢的人时才会用栀子花香水，而且当天她是和我约好了的，晚上带我认识她的未婚夫，所以进房间作案的人，一定是那个和她有亲密关系的男人。"

栀子花香水味？

似乎勾起了赵伟成的一些回忆，但是很模糊……

"看着她全身一丝不挂地躺在床上，脖子红肿着，上面残留着深深的勒痕，当时的我泪如雨下。我看到她下身流出一些液体在床单上，看上去像男子的精液。当时警察还没来，我就搬出多年来在育护中心辅助生殖科学到的本事，从中取了一部分，私自存了起来，直觉告诉我，这就是罪犯留下的证据，万一警方破不了案，我也可以想办法追根寻迹。呵呵，果然，他们除了查到勒痕的来源外，其他一无所获。勒痕是由妹妹的一个路易·威登斜挎水桶包的包带形成的，包被胡乱扔在地上，包带的尺寸形状与脖子上的痕迹完全相符。"

办公室里空气凝滞，赵伟成的身体开始战栗，从手指到胸口都冒出了冷汗，他的那些回忆，渐渐变得清晰起来，让他感到呼吸越发的困难。

那个时候，他刚进入公司工作不久，在一次校园义务咨询活动中，认识了该校的大学生夏洁，夏洁文静美丽的样子深深吸引了他，而他壮硕的体格和谦和沉稳的性情也让夏洁感到温暖与安心。两人迅速坠入了爱河，夏洁也从学生宿舍搬出来，用积蓄租了间小公寓和他同住。半年后，夏洁怀孕了，却由于自己是未婚的在校就读生，所以不得不偷偷去做了人工流产。赵伟成当时信誓旦旦，说是等她一毕业，马上就结婚。可是流产后的夏洁，性格越来越情绪化，常常无端地容易激动、发脾气，刚一毕业，就天天逼着赵伟成，要他和自己一起去见她姐姐，商量领结婚证书的日期。她不知道的是，彼时的赵伟成，已经是林鹤平钦定的上门女婿了，为了自己未来的广阔前程，他对林家隐瞒了自己多年的恋情。

"我独自一人，从妹妹大学同宿舍的好友那里得知了那个男人的姓名，通过我们诊所院长在公安局的朋友，从数万名同姓的人中，追查到那个男人所在的公司，最终锁定了他和他的生活现状。"

那天下午，赵伟成喝了点酒，和夏洁在床上缠绵过后，她兴奋地告诉他，自己约了姐姐晚上过来，想正式介绍他们彼此认识，再一起讨论一下婚礼的安排。赵伟成对她自说自话的安排非常恼怒，要她马上给姐姐打电话取消约定，夏洁听后就开始了她歇斯底里的哭喊，赵伟成怕她会闹到公司去，万一要是让林鹤平得知，自己的前途就毁了。眼见着夏洁越哭越凶，他心乱如麻，抓起手边一条路易·威登包包的长肩带就……

那个包包，还是夏洁生日时，他买给她的礼物，当时整整花了他两个月的工资，而如今却已物是人非。赵伟成把房间弄乱，还故意拿走了夏洁的存折和信用卡，布置成类似抢劫案现场的样子，他仔细擦掉自己的指纹后，落荒而逃。

"现在你也知道，我们家有卵巢早衰的先天遗传，我妹妹和我一样，十九岁就冷冻卵子了。以我们机构里那些医生的能力，把这些卵子，和我当时取下保存的精液……这绝对不是什么难事儿，况且，我可是找了一个特别好的代孕妈妈，很年轻，很健康，我给了她不少钱……"夏清掏出白大褂口袋里的信封，重重地拍在赵伟成面前的办公桌上，"不过其实吧，这样也挺好的，毕竟是你的亲生儿子，以后，浩儿会慢慢长得越来越像你，你应该会感到很高兴吧？当然了，如果你执意要退还孩子，那么职责所在，我也会将真实的退还原因告知林欣妮的。"

赵伟成的身体，依然在颤抖，他默默地蹲了下来，把头埋在双臂之间，久久不作声。夏清用力在烟灰缸里掐灭烟头，转身走出了办公室。

她走着走着，脸上露出一种难以名状的浅笑，夹杂着怨恨、悲伤、思念与释然。

她们家根本没有什么卵巢早衰的遗传，她和妹妹也从来没有去存过什么卵子。

妹妹死的那天，警察才是第一个赶到现场的人，她说私下存取了精液，是信口胡诌的。

而林浩，不过是一对富二代夫妇拜托她处理掉的、他们女儿和一个穷小子偷吃禁果后，产下的小小结晶而已。

第二天，丁帅一副兴高采烈的样子，又屁颠屁颠地跑到郑智康家里来了，手里还捏着两页打印出来的 A4 纸。

"加好啦！我都加进去了，你看看。"丁帅说着，把两页稿纸递给郑智康。

"都说了不要给我看嘛，有辱斯文，有辱气节！"郑智康说着，把稿纸推开。

"啊呀你看一下嘛，快点快点，给个面子嘛。"丁帅说着，硬是把两张纸塞到郑智康面前，脸上的神情相当得意。

领养的孩子

"伟成你看，我们浩儿多可爱，你看他的小脸蛋，红扑扑的，像只小苹果……"林欣妮身着一件 Monler 牌羽绒服，怀里抱着刚出生两周的男婴，逗弄着他，笑得乐不可支。

三天前，当赵伟成和林欣妮夫妻俩接到私人育护领养中心的电话，告知他们有一个健康的男婴刚出生不久可待收养的时候，他们欣喜万分，并把这个好消息告诉了孩子未来的外祖父——林欣妮的父亲林鹤平，林鹤平得知是个男孩后，非常高兴，给他起了名字叫林浩，虽然他的独生女欣妮生性聪颖，完全能够独当一面承接他名下的产业，但几十年后，她也是要老的，没有后代继续家族的传承是万万不能的。

此时，赵伟成心里也是乐开了花，当年因全市长跑比赛获一等奖加分进入重点大学的他，毕业后求职应聘到了林鹤平名下的一家顾问公司工作，一个籍籍无名的大学毕业生在工作中也并没有什么特别出色的表现，而之所以被老板看中做了上门女婿，不外乎是因为他优异的身体素质可以保证并优化下一代的机体基因，当然，他为人忠厚谦逊、家底质朴清白也是重要的考虑因素。怎料想婚后，林大小姐在医院查出生殖功能有恙，心疼女儿的林鹤平最终还是开明地放弃了勉强周转生育亲子的想法，此后领养计划便被提到议事日程上来了。

赵伟成没有想到，几星期前刚刚在领养中心作了登记，竟这么快就接到了通知。不过，夏护士长在电话里已经有意无意地透露了，她是私下跳过排在他们前面的八九对夫妻，为他们破格提前了领养顺序的，赵伟成当即会意，在信封里塞满厚重的礼金，去接孩子的当天，进门后一个错身，就把信封塞在了夏护士长宽敞的白大褂衣袋里——"夏老师，您费心了……"

夏护士长名叫夏清，也算是这家私人育护领养中心的开院元老了，她满脸笑意，对夫妻俩表达了祝福，又作了养育方面的各种叮嘱，临走的时候，说领养合同上还有些后续的款项需要核实和支付，示意赵伟成稍留一下。林欣妮心急地想早点回去把孩子给他外祖父看看，于是赵伟成把她送上了奔驰车，嘱咐家里的司机先把太太送回去，他亲吻了一下浩儿的小额头，又亲吻了一下欣妮的脸，说自己办完手续马上就打车回去，还说自己昨天晚上预订了两箱进口苹果，一会儿会专门有人送到家里。

赵伟成跟着夏清走进了楼道尽头的一间办公室，正等着她拿合同办手续，可眼前这个女人却一言不发，点了一支香烟猛抽起来。这让赵伟成颇为反感，他脱下披在肩上的 Canada Sheep 牌羽绒服，他忍不住小声咳嗽了两下。

"赵先生，你们夫妻没有孩子，是哪方的身体原因造成的啊？"夏清突然发问。

"额……是欣妮……她两侧输卵管都堵塞得很厉害，医生说即便是动手术的话，也不能保证一定能怀上孩子，所以……"

"其实现在虽然政策上不允许，但私下里，愿意做代孕妈妈的健康女孩还是很多的啊，而且像我们育护中心这样的机构，拥有世界最先进的精卵冷冻贮藏设备，就算是长期冷冻的精子和卵子，活性都依旧保持得非常好，很多大龄单身职业女性现在想要一个自己的孩子，是很容易实现的。"夏青随手泡了一袋速溶咖啡，递给赵伟成。

"我们之前确实也考虑过，但是……女性取出卵子的过

58

程……据说也是要承受很大痛苦的啊，欣妮的爸爸和我……都不舍得她受这样的苦……"赵伟成言语间满是清浅柔和。

"你们家人之间感情真好，真让人羡慕啊……唉，要不是因为我年龄太大没有精力照看孩子，我倒还真想找代孕生个属于自己的宝宝呢……说出来不怕你笑话，因为我们家有卵巢早衰的遗传疾病，所以我妈妈在我十九岁那年就带我到医院，把我的卵子取出作了冷冻处理，可惜我命中没有姻缘，辜负我妈妈当年的苦心了，那个时候，冷冻卵子的技术还没有普及，我们家算是走在时代潮流的前列了。"夏青往瓷杯里扔了一小撮龙井茶叶，加了点热水。

天哪……这个女人到底在干嘛？不是说要看合同核实款项吗，怎么拖拖拉拉的，该不是嫌刚才给的礼金不够多吧？我这正着急回家呢……赵伟成心里焦急得很，又不好意思把天聊死，只好敷衍地继续着话题，"夏老师……那您现在和父母亲人一起生活吗？"

"我没有亲人啦，我爸妈很早就去世了，原本还有个妹妹，可是她被人杀死了。"

"对不起对不起……我不该让你想起这样的伤心事。"赵伟成满脸歉意的样子。

"没关系，都是过去的事了。当时警察还判定是入室抢劫杀人，因为房间里的抽屉柜子全被翻得乱七八糟的，银行卡和存折都不见了。但是怎么可能呢，案发后，我是第一个进她家的，是我报的警，当时房间里一股很浓的栀子花香，这是我妹妹最喜欢的香水味，她平时只用一点便宜的橙花香水，只有很认真打扮去见长辈或者喜欢的人时才会用栀子花香水，而且当天她是和我约好了的，晚上带我认识她的未婚夫，所以进房间作案的人，一定是那个和她有亲密关系的男人。"

栀子花香水味？

似乎勾起了赵伟成的一些回忆，但是很模糊……

"看着她全身一丝不挂地躺在床上，脖子红肿着，上面残留着深深的勒痕，当时的我泪如雨下。我看到她下身流出一些液体在床单上，看上去像男子的精液，当时警察还没来，我就搬出多年来在育护中心辅助生殖科学到的本事，从中取了一部分，私自存了起来，直觉告诉我，这就是罪犯留下的证据，万一警方破不了案，我也可以想办法追根寻迹。呵呵，果然，他们除了查到勒痕的来源外，其他一无所获。勒痕是由妹妹的一个路易·威登斜挎水桶包的包带形成的，包被胡乱扔在地上，包带的尺寸形状与脖子上的痕迹完全相符。"

办公室里空气凝滞，赵伟成的身体开始战栗，从手指到胸口都冒出了冷汗，他的那些回忆，渐渐变得清晰起来，让他感到呼吸越发的困难。

那个时候，他刚进入公司工作不久，在一次校园义务咨询活动中，认识了该校的大学生夏洁，夏洁文静美丽的样子深深吸引了他，而他壮硕的体格和谦和沉稳的性情也让夏洁感到温暖与安心。两人迅速坠入了爱河，夏洁也从学生宿舍搬出来，用积蓄租了间小公寓和他同住。半年后，夏洁怀孕了，却由于自己是未婚的在校就读生，所以不得不偷偷去做了人工流产。赵伟成当时信誓旦旦，说是等她一毕业，马上就结婚。可是流产后的夏洁，性格越来越情绪化，常常无端地容易激动、发脾气，刚一毕业，就天天逼着赵伟成，要他和自己一起去见她姐姐，商量领结婚证书的日期。她不知道的是，彼时的赵伟成，已经是林鹤平钦定的上门女婿了，为了自己未来的广阔前程，他对林家隐瞒了自己多年的恋情。

"我独自一人，从妹妹大学同宿舍的好友那里得知了那个男人的姓名，通过我们诊所院长在公安局的朋友，从数万同名同姓的人中，追查到那个男人所在的公司，最终锁定了他和他的生活现状。"

那天下午，赵伟成就着一碗"陈师傅"牌酸菜味方便面，喝了点酒，和夏洁在床上缠绵过后，她兴奋地告诉他，自己约了姐姐晚上过来，想正式介绍他们彼此认识，再一起讨论一下婚礼的安排。赵伟成对她自说自话的安排非常恼怒，要她马上给姐姐打电话取消约定，夏洁听后就开始了她歇斯底里的哭喊，赵伟成怕她会闹到公司去，万一要是让林鹤平得知，自己的前途就毁了。眼见着夏洁越哭越凶，他心乱如麻，抓起手边一条路易·威登包包的长肩带就……

那个包包，还是夏洁生日时，他买给她的礼物，当时整整花了他两个月的工资，而如今却已物是人非。赵伟成把房间弄乱，还故意拿走了夏洁的存折和信用卡，布置成类似抢劫案现场的样子，他仔细擦掉自己的指纹后，落荒而逃。

"现在你也知道，我们家有卵巢早衰的先天遗传，我妹妹和我一样，十九岁就冷冻卵子了。以我们机构里那些医生的能力，把这些卵子，和我当时取下保存的精液……这绝对不是什么难事儿，况且，我可是找了一个特别好的代孕妈妈，很年轻，很健康，我给了她不少钱……"夏清掏出白大褂口袋里的信封，重重地拍在赵伟成面前的办公桌上，"不过其实吧，这样也挺好的，毕竟是你的亲生儿子，以后，浩儿会慢慢长得越来越像你，你应该会感到很高兴吧？当然了，如果你执意要退还孩子，那么职责所在，我也会将真实的退还原因告知林欣妮的。"

赵伟成的身体，依然在颤抖，他默默地蹲了下来，把头埋在双臂之间，目光呆滞地凝视着自己脚上的那双白色"阿森纳斯"牌运动鞋，久久不作声。夏清用力在烟灰缸里掐灭烟头，转身走出了办公室。

她走着走着，脸上露出一种难以名状的浅笑，夹杂着忿恨、悲伤、思念与释然。

她们家根本没有什么卵巢早衰的遗传，她和妹妹也从来没有去存过什么卵子。

妹妹死的那天，警察才是第一个赶到现场的人，她说私下存取了精液，是信口胡诌的。

而林浩，不过是一对富二代夫妇拜托她处理掉的、他们女儿和一个穷小子偷吃禁果后，产下的小小结晶而已。

"哈哈哈哈哈……"郑智康读罢，实在是忍不住大声笑了起来。

"你笑什么啊？！我都加进去了呀，哪里不对吗？"

"没有没有，你加得挺好，挺……挺规整的。"

"那你笑个屁啊！"

"我只是觉得，好像有点生硬，或许可以稍微延展一下，那样看上去更自然一点。"

"什么延展？什么意思啊？"

"你看啊，比如这个羽绒服，是什么颜色的呀，什么款式的呀，买了这两箱苹果，是干什么用的呀，对吧？"

"哦……我懂你意思了，就是直接把物品名称扔进去，看上去有点突兀，再稍微加点描述性的语言，就显得自然了，浑然一体了，是这意思吧？"

"对对对，就是这个意思，你看这个咖啡，是什么牌子的呀，泡咖啡是怎么泡的呀，细节动作呢？这个茶叶，颜色是怎样的呀，气味是如何的呀，这些细节的描写，以及前后语言的起承转合，都要显得流畅，都要衔接好……"

"知道了知道了，我去改一改，改完了再给你看。"丁帅说完，掉头就要走。

"喂，你等一下，我昨天晚上又出去买了点东西，发票你还要吗？"

"要啊，当然要啦！快给我。"

"真巧，也是七张，给你吧。"

邦由创可贴

Benfolds **红酒**

健身卡

世界名著典藏集

墨镜

Ephone **手机**

TBM **笔记本电脑**

"咦？你办健身卡干什么啊？你这个万年宅男，还会去健身房？"

"办一张嘛，偶尔在跑步机上稍微走走，有助于思考。再说了，你不是说与创作相关的支出都能报销的嘛，这小说里的男主角是个运动健将，他经常去健身房，所以我也必须得有那种实际体验啊，对吧？"郑智康若有所指，狡黠一笑。

"啊哟，我发现你总算开窍了，顺便把手机和电脑也换新的了？你这个不喝酒的人，还准备了红酒？"

"这些不都是'预备创作'过程中的客观需要嘛……我的手机和电脑，型号都老了，反应太迟钝，卡机啊，跟不上我的写作速度啊，而且科学证明，晚上喝一点红酒，对睡眠有很大好处的，恢复脑力对创作人员来说十分重要啊，你说是吧？"

"可以可以，总算开窍了，太好了，这些我都想办法一块儿加进去，弄好后，明天给你看啊。"

"不过……"

"又怎么了？"

"没什么，就是……你这一篇文章里，加了十四样东西进去，会不会太多了点儿啊？"

"那你还有新出炉的小说没有？"

"没……没有了，最近没思路，没思路不强求，不然作品没质量。"

"那不就只能加在这一篇里了嘛！"

"哦哦，那……你要是觉得行的话，那就应该是没什么问题的了。"

"嗯，现在有觉悟了。"

"那是，要说务实，还得是你，我之前太理想主义了。"

"嗯，知道就好。"

又过了两天，丁帅兴冲冲地跑去郑智康家里。

"我保证这下完美了，你看看。"

"哦？很自信的样子嘛？"

"那是当然，看看我这个文采，以后帮你当个代笔那也是绰绰有余的啊。"

领养的孩子

"伟成你看，我们浩儿多可爱，你看他的小脸蛋，红扑扑的，像只小苹果……"林欣妮身着一件绯红色的 Monler 牌长款及膝羽绒服，怀里抱着刚出生两周的男婴，一边逗弄着他，一边拿出最新款的 Ephone 手机给他拍照，笑得乐不可支。

三天前，当赵伟成和林欣妮夫妻俩接到私人育护领养中心的电话，告知他们有一个健康的男婴刚出生不久可待收养的时候，他们欣喜万分，当即开了一瓶 Benfolds 牌红酒以示庆祝，并把这个好消息告诉了孩子未来的外祖父——林欣妮的父亲林鹤平，林鹤平得知是个男孩后，非常高兴，给他起了名字叫林浩，虽然他的独生女欣妮生性聪颖，完全能够独当一面承接他名下的产业，但几十年后，她也是要老的，没有后代继续家族的传承是万万不能的。几年前林鹤平曾在拍卖会上高价拍得一套已绝版多年的"世界名著"典藏集，现在这份礼物，总算有了它的小主人，这让他感到无比欣慰。

此时，赵伟成心里也是乐开了花，当年因全市长跑比赛获一等奖加分进入重点大学的他，毕业后求职应聘到了林鹤平名下的一家顾问公司工作，一个籍籍无名的大学毕业生在工作中也并没有什么特别出色的表现，下了班后唯一的兴趣爱好就是办张健身房的年卡，一天不落地撸铁、跑步、做平板支撑，而之所以被老板看中做了上门女婿，不外乎是因为他优异的身体素质可以保证并优化下一代的机体基因，当然，他为人忠厚谦逊、家底质朴清白也是重要的考虑因素。怎料想婚后，林大小姐在医院查出生殖功能有恙，心疼女儿的林鹤平最终还是开明地放弃了勉强周转生育亲子的想法，此后领养计划便被提到议事日程上来了。

赵伟成没有想到，几星期前刚刚在领养中心作了登记，竟这么快就接到了通知。不过，夏护士长在电话里已经有意无意地透露了，她是私下跳过排在他们前面的八九对夫妻，为他们破格提前了领养顺序的，赵伟成当即会意，在信封里塞满厚重的礼金，去接孩子的当天，进门后一个错身，就把信封塞在了夏护士长宽敞的白大褂衣袋里——"夏老师，您费心了……"

夏护士长名叫夏清，也算是这家私人育护领养中心的开院元老了，她满脸笑意，对夫妻俩表达了祝福，又作了养育方面的各种叮嘱，临走的时候，说领养合同上还有些后续的款项需要核实和支付，示意赵伟成稍留一下。林欣妮心急地想早点回去把孩子给他外祖父看看，于是赵伟成把她送上了奔驰车，嘱咐家里的司机先把太太送回去，他亲吻了一下浩儿的小额头，又亲吻了一下欣妮的脸，说自己办完手续马上就打车回去，还说自己昨天预订了两箱进口苹果，一会儿会专门有人送到家里，给浩儿从小多补充些维他命，将来长大了骨骼精壮、脑力也会更加强健。

赵伟成跟着夏清走进了楼道尽头的一间办公室，正等着她拿合同办手续，可眼前这个女人却一言不发，点了一支香烟猛抽起来。这让赵伟成颇为反感，他脱下披在肩上的墨绿色 Canada Sheep 限量版羽绒服，摘下墨镜捏在手里，他忍不住小声咳嗽了两下。

"赵先生，你们夫妻没有孩子，是哪方的身体原因造成的啊？"夏清突然发问。

"额……是欣妮……她两侧输卵管都堵塞得很厉害，医生说即便是动手术的话，也不能保证一定能怀上孩子，所以……"

"其实现在虽然政策上不允许，但私下里，愿意做代孕妈妈的健康女孩还是很多的啊，而且像我们育护中心这样的机构，拥有世界最先进的精卵冷冻贮藏设备，就算是长期冷冻的精子和卵子，活性都依旧保持得非常好，很多大龄单身职业女性现在想要一个自己的孩子，是很容易实现的。"夏青随手抽出一袋"鸽巢"牌速溶咖啡，撕开后，倒进一次性水杯里，斟上热水，略作了一下搅拌，递给赵伟成。

"我们之前确实也考虑过，但是……女性取出卵子的过程……据说也是要承受很大痛苦的啊，欣妮的爸爸和我……

都不舍得她受这样的苦……"赵伟成略一欠身，接过水杯，言语间满是清浅柔和。

"你们家人之间感情真好，真让人羡慕啊……唉，要不是因为我年龄太大没有精力照看孩子，我倒还真想找代孕生个属于自己的宝宝呢……说出来不怕你笑话，因为我们家有卵巢早衰的遗传疾病，所以我妈妈在我十九岁那年就带我到医院，把我的卵子取出作了冷冻处理，可惜我命中没有姻缘，辜负我妈妈当年的苦心了，那个时候，冷冻卵子的技术还没有普及，我们家算是走在时代潮流的前列了。"夏青往瓷杯里扔了一小撮茶叶，加了点热水，青绿的茶色袅袅荡漾开来，异常清澈，醇厚的茶香，一闻便知是上等的西湖龙井。

天哪……这个女人到底在干嘛？不是说要看合同核实款项吗，怎么拖拖拉拉的，该不是嫌刚才给的礼金不够多吧？我这正着急回家呢……赵伟成心里焦急得很，又不好意思把天聊死，只好敷衍地继续着话题，"夏老师……那您现在和父母亲人一起生活吗？"

"我没有亲人啦，我爸妈很早就去世了，原本还有个妹妹，可是她被人杀死了。"

"对不起对不起……我不该让你想起这样的伤心事。"赵伟成满脸歉意的样子。

"没关系，都是过去的事了。当时警察还判定是入室抢劫杀人，因为房间里的抽屉柜子全被翻得乱七八糟的，银行卡和存折都不见了。但是怎么可能呢，案发后，我是第一个进她家的，是我报的警，当时房间里一股很浓的栀子花香，这是我妹妹最喜欢的香水味，她平时只用一点便宜的橙花香水，只有很认真打扮去见长辈或者喜欢的人时才会用栀子花香水，而且当天她是和我约好了的，晚上带我认识她的未婚夫，所以进房间作案的人，一定是那个和她有亲密关系的男人。"

栀子花香水味？

似乎勾起了赵伟成的一些回忆，但是很模糊……

"看着她全身一丝不挂地躺在床上，脖子红肿着，上面残留着深深的勒痕，当时的我泪如雨下。我看到她下身流出一些液体在床单上，看上去像男子的精液，当时警察还没来，我就搬出多年来在育护中心辅助生殖科学到的本事，从中取了一部分，私自存了起来，直觉告诉我，这就是罪犯留下的证据，万一警方破不了案，我也可以想办法追根寻迹。呵呵，果然，他们除了查到勒痕的来源外，其他一无所获。勒痕是由妹妹的一个路易·威登斜挎水桶包的包带形成的，包被胡乱扔在地上，包带的尺寸形状与脖子上的痕迹完全相符。"

办公室里空气凝滞，赵伟成的身体开始战栗，从手指到胸口都冒出了冷汗，他的那些回忆，渐渐变得清晰起来，让他感到呼吸越发的困难。

那个时候，他刚进入公司工作不久，在一次校园义务咨询活动中，认识了该校的大学生夏洁，夏洁文静美丽的样子深深吸引了他，而他壮硕的体格和谦和沉稳的性情也让夏洁感到温暖与安心。两人迅速坠入了爱河，夏洁也从学生宿舍搬出来，用积蓄租了间小公寓和他同住。半年后，夏洁怀孕了，却由于自己是未婚的在校就读生，所以不得不偷偷去做了人工流产。赵伟成当时信誓旦旦，说是等她一毕业，马上就结婚。可是流产后的夏洁，性格越来越情绪化，常常无端地容易激动、发脾气，刚一毕业，就天天逼着赵伟成，要他和自己一起去见她姐姐，商量领结婚证的日期。她不知道的是，彼时的赵伟成，已经是林鹤平钦定的上门女婿了，为了自己未来的广阔前程，他对林家隐瞒了自己多年的恋情。

"我独自一人，从妹妹大学同宿舍的好友那里得知了那个男人的姓名，通过我们诊所院长在公安局的朋友，从数万同名同姓的人中，追查到那个男人所在的公司，最终锁定了他和他的生活现状。"

那天下午，赵伟成就着一碗"陈师傅"牌酸菜味方便面，喝了点酒，和夏洁在床上缠绵过后，她兴奋地告诉他，自己约了姐姐晚上过来，想正式介绍他们彼此认识，再一起讨论一下婚礼的安排。赵伟成对她自说自话的安排非常恼怒，要她马上给姐姐打电话取消约定，夏洁听后就开始了她歇斯底里的哭喊，赵伟成怕她会闹到公司去，万一要是让林鹤平得知，自己的前途就毁了。眼见着夏洁越哭越凶，他心乱如麻，抓起手边一条路易·威登包包的长肩带就……

71

那个包包，还是夏洁生日时，他买给她的礼物，当时整整花了他两个月的工资，而如今却已物是人非。赵伟成把房间弄乱，还故意拿走了夏洁的存折和信用卡，布置成类似抢劫案现场的样子，他仔细擦掉自己的指纹后，落荒而逃。

"现在你也知道，我们家有卵巢早衰的先天遗传，我妹妹和我一样，十九岁就冷冻卵子了。以我们机构里那些医生的能力，把这些卵子，和我当时取下保存的精液……这绝对不是什么难事儿，况且，我可是找了一个特别好的代孕妈妈，很年轻，很健康，我给了她不少钱……"夏清掏出白大褂口袋里的信封，重重地拍在赵伟成面前的办公桌上，"不过其实吧，这样也挺好的，毕竟是你的亲生儿子，以后，浩儿会慢慢长得越来越像你，你应该会感到很高兴吧？当然了，如果你执意要退还孩子，那么职责所在，我也会将真实的退还原因告知林欣妮的。"

赵伟成的身体，依然在颤抖，他默默地蹲了下来，把头埋在双臂之间，目光呆滞地凝视着自己脚上的那双白色"阿森纳斯"牌运动鞋，久久不作声。他的右手食指昨天被健身房里的器械划破了皮，伤口裹紧在"邦由"牌创可贴里，隐隐作痛。夏清用力在烟灰缸里掐灭烟头，转身走出了办公室，伴着脚步，她的目光划过办公桌上那个黑色的 TBM 笔记本电脑，那里面，至今还封存着无数关于赵伟成的私人信息，是她花了很多心思收集来的，而如今，它们的意义已经灰飞烟灭了。

她走着走着，脸上露出一种难以名状的浅笑，夹杂着怨恨、悲伤、思念与释然。

她们家根本没有什么卵巢早衰的遗传，她和妹妹也从来没有去存过什么卵子。

妹妹死的那天，警察才是第一个赶到现场的人，她说私下存取了精液，是信口胡诌的。

而林浩，不过是一对富二代夫妇拜托她处理掉的、他们女儿和一个穷小子偷吃禁果后，产下的小小结晶而已。

"嗯，这样就融合得严丝合缝了，相当有天赋啊，文笔超赞的。"

"怎么样？能文能理，佩服吧？"

"佩服佩服，佩服得五体投地。哦对了我跟你讲呀，我昨天又买了点东西，又拿了七张发票，不过我估计这回你应该用不到了吧？"

"用得到啊，怎么会用不到呢？"

"不是啊……你这加进去的东西，也太多了吧？"

"三七二十一……二十一件东西，又不算多喽……"

"也不单单是加多加少的问题……"

"那是什么问题？"

"要不……巧克力、榨汁机和鞋，这三张发票给你，其余的你就别拿了。"

"其余都是些什么啊？给我看看。"

VGG 牌雪地靴

比利时"裴列罗"黑巧克力

缅因猫

Qrijen 牌猫粮

Kiwi 牌猫罐头

W9 牌冻干

榨汁机

"你……买了只猫？？"

"是啊，买了只猫。"

"你买猫干什么啊？"

"我就……我就一直想养只猫，不行啊？！"

"我以前怎么从来没听你说起过啊？……"

"你现在不是听到了吗！"

"还是只……缅因猫？"

"是啊，缅因猫脾气好。"

"什么颜色的啊？"

"颜色还没想好呢，不过已经交了全款了，客服小姑娘问我要不要先拿两只来让我看看，我跟她说不用了。我琢磨着……要么黑色？要么虎斑色？我有点犹豫……不过这个肯定报销不了，你就别指望了。"

"谁说报销不了? 当然可以的喽，发票给我，七张全部给我。"

"不是吧……"

"快点! ……"

"哦……那……行吧。"

第二天，当郑智康再次看到丁帅的"倩影"出现在自己家门口时，心里就忍不住开始爆笑。

"猫、猫粮、猫罐头，不就是这些个东西嘛，有什么难度呢? "丁帅手里甩着稿纸，姿势潇洒不已。

领养的孩子

"伟成你看，我们浩儿多可爱，你看他的小脸蛋，红扑扑的，像只小苹果……"林欣妮身着一件绯红色的 Monler 牌长款及膝羽绒服，怀里抱着刚出生两周的男婴，一边逗弄着他，一边拿出最新款的 Ephone 手机给他拍照，笑得乐不可支。

三天前，当赵伟成和林欣妮夫妻俩接到私人育护领养中心的电话，告知他们有一个健康的男婴刚出生不久可待收养的时候，他们欣喜万分，当即开了一瓶 Benfolds 牌红酒以示庆祝，并把这个好消息告诉了孩子未来的外祖父——林欣妮的父亲林鹤平，林鹤平得知是个男孩后，非常高兴，给他起了名字叫林浩，虽然他的独生女欣妮生性聪颖，完全能够独当一面承接他名下的产业，但几十年后，她也是要老的，没有后代继续家族的传承是万万不能的。几年前林鹤平曾在拍卖会上高价拍得一套已绝版多年的"世界名著"典藏集，现在这份礼物，总算有了它的小主人，这让他感到无比欣慰。想着自己从今天开始就要当外公了，顿时生发了童心的林鹤平还托朋友帮忙选购了一只缅因猫幼崽作为孩子未来的小伙伴，而他自己则迫不及待地早早置办好了各样猫咪的吃食——Qrijen 的猫粮、Kiwi 牌的猫罐头、W9 牌的猫冻干，甚至连猫砂和猫咪锻炼身体用的爬架也买好了，家里多了孩子和宠物，在他常年商场搏杀的冷冽气息里注入了一层橘色的、柔和的温情暖意。

此时，赵伟成心里也是乐开了花，当年因全市长跑比赛获一等奖加分进入重点大学的他，毕业后求职应聘到了林鹤平名下的一家顾问公司工作，一个籍籍无名的大学毕业生在工作中也并没有什么特别出色的表现，下了班后唯一的兴趣爱好就是办张健身房的年卡，一天不落地撸铁、跑步、做平板支撑，而之所以被老板看中做了上门女婿，不外乎是因为他优异的身体素质可以保证并优化下一代的机体基因，当然，他为人忠厚谦逊、家底质朴清白也是重要的考虑因素。怎料想婚后，林大小姐在医院查出生殖功能有恙，心疼女儿的林鹤平最终还是开明地放弃了勉强周转生育亲子的想法，此后领养计划便被提到议事日程上来了。

赵伟成没有想到，几星期前刚刚在领养中心作了登记，竟这么快就接到了通知。不过，夏护士长在电话里已经有意无意地透露了，她是私下跳过排在他们前面的八九对夫妻，为他们破格提前了领养顺序的，赵伟成当即会意，在信封里塞满厚重的礼金，去接孩子的当天，进门后一个错身，就把信封塞在了夏护士长宽敞的白大褂衣袋里——"夏老师，您费心了……"

　　夏护士长名叫夏清，也算是这家私人育护领养中心的开院元老了，她满脸笑意，对夫妻俩表达了祝福，又作了养育方面的各种叮嘱，临走的时候，说领养合同上还有些后续的款项需要核实和支付，示意赵伟成稍留一下。林欣妮心急地想早点回去把孩子给他外祖父看看，于是赵伟成把她送上了奔驰车，嘱咐家里的司机先把太太送回去，他亲吻了一下浩儿的小额头，又亲吻了一下欣妮的脸，说自己办完手续马上就打车回去，还说自己昨天预订了两箱进口苹果，一会儿会专门有人送到家里，到时候让保姆把前几日新买的 Preville 牌榨汁机拿出来试用一下，据说 Preville 是澳大利亚的传统老品牌，在西欧和北美的精英阶层家庭里广受青睐，给浩儿从小多补充些维他命，将来长大了骨骼精壮、脑力也会更加强健。

　　赵伟成跟着夏清走进了楼道尽头的一间办公室，正等着她拿合同办手续，可眼前这个女人却一言不发，点了一支香烟猛抽起来。这让赵伟成颇为反感，他脱下披在肩上的墨绿色 Canada Sheep 限量版羽绒服，摘下墨镜捏在手里，他忍不住小声咳嗽了两下。

"赵先生，你们夫妻没有孩子，是哪方的身体原因造成的啊？"夏清突然发问。

"额……是欣妮……她两侧输卵管都堵塞得很厉害，医生说即便是动手术的话，也不能保证一定能怀上孩子，所以……"

"其实现在虽然政策上不允许，但私下里，愿意做代孕妈妈的健康女孩还是很多的啊，而且像我们育护中心这样的机构，拥有世界最先进的精卵冷冻贮藏设备，就算是长期冷冻的精子和卵子，活性都依旧保持得非常好，很多大龄单身职业女性现在想要一个自己的孩子，是很容易实现的。"夏青随手抽出一袋"鸽巢"牌速溶咖啡，撕开后，倒进一次性水杯里，斟上热水，略作了一下搅拌，递给赵伟成。

"我们之前确实也考虑过，但是……女性取出卵子的过程……据说也是要承受很大痛苦的啊，欣妮的爸爸和我……都不舍得她受这样的苦……"赵伟成略一欠身，接过水杯，言语间满是清浅柔和。

"你们家人之间感情真好，真让人羡慕啊……唉，要不是因为我年龄太大没有精力照看孩子，我倒还真想找代孕生个属于自己的宝宝呢……说出来不怕你笑话，因为我们家有卵巢早衰的遗传疾病，所以我妈妈在我十九岁那年就带我到医院，把我的卵子取出作了冷冻处理，可惜我命中没有姻缘，辜负我妈妈当年的苦心了，那个时候，冷冻卵子的技术还没有普及，我们家算是走在时代潮流的前列了。"夏青往瓷杯里扔了一小撮茶叶，加了点热水，青绿的茶色袅袅荡漾开来，异常清澈，醇厚的茶香，一闻便知是上等的西湖龙井。

天哪……这个女人到底在干嘛？不是说要看合同核实款项吗，怎么拖拖拉拉的，该不是嫌刚才给的礼金不够多吧？我这正着急回家呢……赵伟成心里焦急得很，又不好意思把天聊死，只好敷衍地继续着话题，"夏老师……那您现在和父母亲人一起生活吗？"

"我没有亲人啦，我爸妈很早就去世了，原本还有个妹妹，可是她被人杀死了。"

"对不起对不起……我不该让你想起这样的伤心事。"赵伟成满脸歉意的样子。

"没关系，都是过去的事了。当时警察还判定是入室抢劫杀人，因为房间里的抽屉柜子全被翻得乱七八糟的，银行卡和存折都不见了。但是怎么可能呢，案发后，我是第一个进她家的，是我报的警，当时房间里一股很浓的栀子花香，这是我妹妹最喜欢的香水味，她平时只用一点便宜的橙花香水，只有很认真打扮去见长辈或者喜欢的人时才会用栀子花香水，而且当天她是和我约好了的，晚上带我认识她的未婚夫，所以进房间作案的人，一定是那个和她有亲密关系的男人。"

栀子花香水味？

似乎勾起了赵伟成的一些回忆，但是很模糊……

"看着她全身一丝不挂地躺在床上，脖子红肿着，上面残留着深深的勒痕，当时的我泪如雨下。我看到她下身流出一些液体在床单上，看上去像男子的精液，当时警察还没来，我就搬出多年来在育护中心辅助生殖科学到的本事，从中取了一部分，私自存了起来，直觉告诉我，这就是罪犯留下的证据，万一警方破不了案，我也可以想办法追根寻迹。呵呵，果然，他们除了查到勒痕的来源外，其他一无所获。勒痕是由妹妹的一个路易·威登斜挎水桶包的包带形成的，包被胡乱扔在地上，包带的尺寸形状与脖子上的痕迹完全相符。"

办公室里空气凝滞，赵伟成的身体开始战栗，从手指到胸口都冒出了冷汗，他的那些回忆，渐渐变得清晰起来，让他感到呼吸越发的困难。

那个时候，他刚进入公司工作不久，在一次校园义务咨询活动中，认识了该校的大学生夏洁，夏洁文静美丽的样子深深吸引了他，而他壮硕的体格和谦和沉稳的性情也让夏洁感到温暖与安心。两人迅速坠入了爱河，夏洁也从学生宿舍搬出来，用积蓄租了间小公寓和他同住。半年后，夏洁怀孕了，却由于自己是未婚的在校就读生，所以不得不偷偷去做了人工流产。赵伟成当时信誓旦旦，说是等她一毕业，马上就结婚。可是流产后的夏洁，性格越来越情绪化，常常无端地容易激动、发脾气，刚一毕业，就天天逼着赵伟成，要他和自己一起去见她姐姐，商量领结婚证书的日期。她不知道的是，彼时的赵伟成，已经是林鹤平钦定的上门女婿了，为了自己未来的广阔前程，他对林家隐瞒了自己多年的恋情。

"我独自一人，从妹妹大学同宿舍的好友那里得知了那个男人的姓名，通过我们诊所院长在公安局的朋友，从数万同名同姓的人中，追查到那个男人所在的公司，最终锁定了他和他的生活现状。"

那天下午，赵伟成就着一碗"陈师傅"牌酸菜味方便面，喝了点酒，和夏洁在床上缠绵过后，她兴奋地告诉他，自己约了姐姐晚上过来，想正式介绍他们彼此认识，再一起讨论一下婚礼的安排。赵伟成对她自说自话的安排非常恼怒，要她马上给姐姐打电话取消约定，夏洁听后就开始了她歇斯底里的哭喊，赵伟成怕她会闹到公司去，万一要是让林鹤平得知，自己的前途就毁了。眼见着夏洁越哭越凶，他心乱如麻，抓起手边一条路易·威登包包的长肩带就……

那个包包，还是夏洁生日时，他买给她的礼物，当时整整花了他两个月的工资，而如今却已物是人非。赵伟成把房间弄乱，还故意拿走了夏洁的存折和信用卡，布置成类似抢劫案现场的样子，他仔细擦掉自己的指纹后，落荒而逃。

"现在你也知道，我们家有卵巢早衰的先天遗传，我妹妹和我一样，十九岁就冷冻卵子了。以我们机构里那些医生的能力，把这些卵子，和我当时取下保存的精液……这绝对不是什么难事儿，况且，我可是找了一个特别好的代孕妈妈，很年轻，很健康，我给了她不少钱……"夏清掏出白大褂口袋里的信封，重重地拍在赵伟成面前的办公桌上，"不过其实吧，这样也挺好的，毕竟是你的亲生儿子，以后，浩儿会慢慢长得越来越像你，你应该会感到很高兴吧？当然了，如果你执意要退还孩子，那么职责所在，我也会将真实的退还原因告知林欣妮的。"

赵伟成的身体，依然在颤抖，他默默地蹲了下来，把头埋在双臂之间，目光呆滞地凝视着自己脚上的那双白色"阿森纳斯"牌运动鞋，久久不作声。他的右手食指昨天被健身房里的器械划破了皮，伤口裹紧在"邦由"牌创可贴里，隐隐作痛。夏清用力在烟灰缸里掐灭烟头，转身走出了办公室，伴着脚步，她的目光划过办公桌上那个黑色的 TBM 笔记本电脑，那里面，至今还封存着无数关于赵伟成的私人信息，是她花了很多心思收集来的，而如今，它们的意义已经灰飞烟灭了。

象灰色的 VGG 牌中筒雪地靴在大理石地面上踏出喑哑的声响，她走着走着，脸上露出一种难以名状的浅笑，夹杂着怨恨、悲伤、思念与释然。她撕开一块比利时出产的"裴列罗"牌黑巧克力塞进嘴里，用力咀嚼着，体会着唇齿间的苦涩滋味慢慢转变成馨香的回甘。

她们家根本没有什么卵巢早衰的遗传，她和妹妹也从来没有去存过什么卵子。

妹妹死的那天，警察才是第一个赶到现场的人，她说私下存取了精液，是信口胡诌的。

而林浩，不过是一对富二代夫妇拜托她处理掉的、他们女儿和一个穷小子偷吃禁果后，产下的小小结晶而已。

"怎么样？读起来很自然吧？"

"太自然了，契合得无可挑剔。"

"那还用说，你看，我把榨汁机如何如何高端都广而告之了一下呢。"

"你可真的很会啊。"

"你才发现啊？！"丁帅说罢，把稿纸往桌上一扔，"行了，申请的事就靠你了，咱们精诚合作啊。"

"额……"

"干嘛？你昨天又买东西了？？"

"不是不是……"

"那你干嘛啊！喂，我可是辛辛苦苦改了三遍啊，你可别给我撂挑子啊！"

"啊呀……不是呀……"

"怎么了呀？有什么事你说呀！"

郑智康难得把丁帅好好耍了一番，心里笑得太开心了，有点没控制好节奏。

这下收不回来了，怎么办？

要是现在跟丁帅说，自己压根儿就没打算申请什么报销，他会气炸吗?

他会和我彻底"决裂"吗?

糟了，怎么办……头好痛啊……

"那个……猫的颜色，我选好了! 黑色的! 嗯，我要一只黑色的缅因猫。你在小说里加一下，顺便再写点猫的外貌描述、性情特点，等等等等，快去快去，多写一点，写细致点，快去呀! ……"

初绽的蓓蕾

立案、办案、结案。

周而复始，这六个字几乎贯穿了周培根的大半场人生。

总算，还有不到一个月，就该正式退休了，关于返聘的事，队里领导郑重地问过他的意见，周培根笑了笑，婉拒了。

这婉拒无疑是违心的，他哪会真舍得离开刑侦大队呢。在这里，他每天都做着自己无比擅长又无限热爱的事，所经手的每一桩案件，他都全身心地投入进去，沉浸在逻辑与推演的心流当中，直到谜题的漩涡被他思维的刀刃狠狠破开一层皮。

周培根明白，这种螺旋式层层递升的快慰感，一直让他欲罢不能。

只是，案子不是智力游戏，案子的底色，是人。

面对真情、面对恶意、面对疼痛与野望纵横交错的人的命运，面对仇恨、磊落、屈从与倔强交织的情感的挣扎，面对种种始料未及的残忍、狡诈、凄烈与痛惜……

太多次了……不得不承认，这些年来心中所承载的这一切，是让他感到负重的。

要不，还是告老还乡吧，找些个山清水秀的地方，闲下心思逛一逛，歇一歇，该搁置的，就搁置下来。

他在心里这样劝自己。

要说对待一份工作，这都已经做得足够好的了，差不多得了吧，难不成还打算耗在卷宗里面过百岁大寿？

想到这些，周培根的心里升腾起一种五味杂陈的惆怅来，而这惆怅里，还饱含着另外一种更为深切的无奈。

在市局的侦缉圈子里，周培根被大家称为"神探"，判断精准、反应迅速、思维缜密，逻辑清晰，盛名在外，人尽皆知，而且除此以外，大家还都说他有一种很特殊的才能，就具体而言呢，大抵是这样的——

刑侦队里有个习惯，就是每次结了一个案子，兄弟们都会聚在一起吃顿好的，有酒有肉，不醉不归，就当是庆功宴了，而这些告破的案子呢，有些是周培根主抓的，有些是他配合同事一起协办的，还有一些，他并没有参与，只是利用平日里碎片化的时间自顾自查看了案卷、证物、调查笔录和会议纪要，而恰恰就是在这些他并没有参与的案子上，周培根充分地展示出了他的这一特殊才能——

老周的酒量一向都不是太好，庆功宴上，但凡只要他一喝醉，就会开始对刚完结的这个案子，提出惊人的假设性论断，这些论断之所以说惊人，是因为老周的这个脑回路吧，和大家办案的常规思路不太一样，不仅不太一样，而且往往还南辕北辙，谬之千里。举个例子来讲，明明这起凶杀案已经告破，凶手 A 也已经伏法认罪，但老周经过他自己的一番神游般的推理，就认定凶手其实不是 A，而是 B，问他证据呢？他说证据我没有，有的话我就翻案了；再比如，明明这是一起谋杀案，板上钉钉的事，但老周却端着酒杯斩钉截铁地告诉你，不不不，怎么可能是谋杀啊，显然是自杀嘛，故意伪装成谋杀的样子而已。问他证据呢？他还是那句——证据我没有，有的话我就翻案了。还有一次更有意思了，凶手抓到了，人证物证都确凿，结案的时候，就留了一个小疑问，所以席间几个同事都在讨论，说凶手明明是右撇子，为什么行凶的时候却用左手？最终大家推测，在凶手与受害者搏斗的时候，很有可能他的右手受到了撞击或形成扭伤，导致一时间无法正常用力抓握，不得已才用了左手持刀。话音刚落，老周就开始大放厥词了，说凶手小时候绝对是个左撇子，是被家长强行纠正过来的，所以成年以后，他看似是个右撇子，但"左手意识"一直留存在他脑海里，当他遇到紧急或突发事件时，"左手意识"会从休眠中苏醒过来，所以案发的时候，他就是一个妥妥的左撇子。大家听得神乎其神，问他，你说的这个"左手意识"，有神经学方面的理论依据吗？他反问道，这个是我自己推断总结的，还记了笔记呢，算"理论"吗？

凡此种种，不胜枚举。

不过要说老周他那都是醉话胡话吧，倒也不尽然，虽然很玄乎，也拿不到切实的证据作为支撑，但听上去呢，还真有那么一定的合理性，所以后来大家都说啊，老周，你应该去兼职当个推理小说家，这些个匪夷所思的假设，要是都能写进小说里，那必定是正文以外别出心裁的一个个超级炸裂的番外篇。

只有周培根自己知道，他从来都没有真的喝醉过。

"判断精准、反应迅速、思维缜密，逻辑清晰"，是他的强项，但绝不是他的全部强项，周培根凭借着自己特有的直觉力所作出的那些假设性论断，因为无从求证，所以显得并没有实际价值，所以他只能借着酒意，把它们一一从嘴里吐露出来，吐露出来了，他心里就安生了，在责任上，就不觉得亏欠了，这就好像在说——不是我没讲啊，真相我都讲出来了，我对得起自己的良心了，你们不听，那是你们的事。

这两天队里又接了个案子，说大也算不上太大，毕竟一连死上十几二十个人的连环杀人案也不是没碰到过，但这次死的是高中生，两个女孩子，还有三个月就要参加高考了，刚满十八岁，人生才刚刚开始。

社会反响太强烈了，上头给的压力山一样大，要求两周内必须破案。队里临时召开了紧急会议，大家坐在一起，认认真真把案子捋了一遍。队长李广平叫老周也参与进来，毕竟在办案能力上，他箭无虚发，但老周还是摆了摆手，意思自己已经是个退休的老人了，这搓磨案子长本事的大好机会，要留给队里年轻一辈们来实操。

墙上的老挂钟"滴答滴答"地行进着，此刻，新上任的副队长小肖正在叙述案件的具体情况。别看小肖是位女同志，她可是队里重点培养的好苗子，巾帼不让须眉的垂范。

"建勤中学投毒案，2022年3月18日中午，我市建勤中学高三年级三个班级的学生在操场上拍完毕业照后，回到教室时，正值午餐时间，食堂阿姨按惯例，已经把饭盒放在每个学生的桌子上了，之后，学生们便开始用餐。

"大约过了十五分钟左右，高三（1）班的女同学陈静秋突然手捂腹部，发出痛苦的呻吟声，继而倒在地面上，口吐白沫，失去了意识。几乎在同一时间段，高三（2）班的女同学李玉姗也发生了相同的情况。

"校车司机和班主任老师第一时间把两位女同学送往了距离学校最近的第四人民医院，但最终还是……没能抢救过来。

"死亡原因是氰化钾中毒。在两名被害人当日的午餐盒里，提取出了氰化钾毒素，所以我们基本能够断定，是有人蓄意在两名被害学生的饭盒里混入了氰化钾粉末或溶解后的液体，导致两人在短时间内不治身亡。

"案发后的第三天，高三（1）班的女学生蒋蓓蓓，在父母的陪同下前来自首。据蒋蓓蓓称，三天前，她在自己的书桌里发现一个信封，信封里有一张字条，上面是这么写的，我给大家念一下：

'我知道这次游泳锦标赛里，李玉姗是你最强的劲敌，不过没关系，我可以帮你解决这个问题，助你比赛登顶，拿到金牌，同时也拿到20分的高考附加分，顺利进入你深爱的清华大学计算机系。

'三天后的中午，你想办法在陈静秋的午饭盒里，混入我将会给到你的腹泻药粉，我同时也会对李玉姗完成同样的行动。

'如果你同意的话，就在今天放学回家前，用红色记号笔在你的课桌外侧面，划一道斜线，我会择时把药粉放到你课桌里，请你注意查收。'

"蒋蓓蓓向我们坦白的时候，痛哭流涕，看得出来，小姑娘确实是后悔莫及了，据她父母说，陈静秋和蒋蓓蓓两家人，是多年的邻居，也是很不错的朋友，两个孩子也是自小就熟识的。蒋蓓蓓还说，她不知道这个陌生人和小秋之间到底有什么过节，但是她真的很想赢这次游泳比赛，虽然自己平时学习成绩还不错，但如果想要考上清华大学计算机系的话，能拿到20分的高考附加分，对她来说实在太重要了。而且她一直以为，这药粉只不过是会让小秋和李玉姗拉两次肚子而已，也不会造成多大的伤害，所以就答应下了与这个留纸条的人作交换，得知药粉是致命物质后，悔意给她带来了巨大的精神困扰，目前，蒋蓓蓓已被市精神卫生中心诊断为抑郁发作，她的父母正在考虑是不是要给她办理休学。

"根据我们的了解，蒋蓓蓓从小学习成绩就很优异，理科成绩尤其突出。念完初中一年级后，就直接跳级到了初三毕业班，毕业后被保送至建勤中学高中部，小小年纪已经靠自学通过了国家计算机中级程序员的考核，她最大的心愿就是将来能考上全国最好的计算机系——清华大学计算机系，她很渴望自己能在这个领域里获得更深入的学习。此外，她还常年坚持练习游泳，是我们市里游泳队少儿组的常胜将军，今年报名参加了全市的游泳锦标赛，如果能拿到冠军的话，在高考时可以让她获得20分的特长加分，这20分对她来说，是高考如愿考进清华的很大保障。而一直以来，隔壁班的女同学李玉姗的游泳竞技水平都和她不相上下，也是队里的标兵选手，而且在近期的练习中，李玉姗的表现状态非常良好，是蒋蓓蓓在此次比赛中最大的对手，但如果李玉姗在接下来的这几天染上腹泻身体不适的话，那蒋蓓蓓基本上就可以在比赛中稳操胜券了。蒋蓓蓓说，她实在太渴望得到那20分的附加分了，所以才一时头脑发热，做了伤害同学的事情。蒋蓓蓓平时性格非常内向，在学校里朋友也不多，行为处事也一向比较沉稳细致，这是她们班主任对她的评价。

"根据留下纸条的那个陌生人对蒋蓓蓓提出的要求，我们推断，此人很可能是与陈静秋存在激烈竞争关系的、李玉姗的同班同学姚墨妍，这个姚墨妍和被害人陈静秋同属学校话剧团成员，姚墨妍常年出任女主角陈静秋的替补角色，此次新排演的话剧马上就要开演了，而且是毕业前的最后一部，很可能这个做了'万年替补'的女孩子憋屈得按耐不住了，想要为自己争取一下女主角的出演资格。

"只是目前，我们对姚墨妍的问话受到其家长的强烈阻挠，她的母亲推说学校的恶性突发事件致使女儿的精神受到强烈刺激，导致其惊恐发作，目前正在接受精神类药物治疗，不方便接受警方问询。所以我们也只好再静待几日。目前所掌握的情况就是这样。"

第一次会议，到这里就结束了。

周培根坐在会议室的角落里，原本只是形式性地旁听一下，但小肖错落铿锵的话音像北风一样"呼呼"地直往他耳朵里灌，且与此同时，出于某种本能反应，对蒋蓓蓓这个女孩的人物侧写，已经浮上了他的心头。

蒋蓓蓓：

天资卓越，成绩优异（初中跨级）

游泳小健将（＝坚韧不拔）

计算机课程自学成才（计划性＋实践性＋探索性，综合能力出众）

性格内敛，处事沉稳，目标明确（很早以前就对高考目标有了非常清晰的设定）

两天后，刑侦大队的第二次会议。

小郑在发言。

小郑这男孩子非常踏实，虽然入职时间不长，但工作上很勤勉，性格也稳健，特别让人放心。

"今天我们和姚墨妍进行了一次单独谈话，是她主动向家长提出这个要求的。整件事情，并不像我们预想得那么简单。

"姚墨妍给我们看了一张字条，里面所写的内容，和蒋蓓蓓收到的字条内容竟然一模一样，笔迹也一模一样，具体是这样写的——

'我知道你们的新话剧马上要开演了，这可是最后一部了吧? 陈静秋又是女一号吧? 怎么样，是不是很失落? 没关系，我可以帮你解决这个问题，助你成为新话剧中真正的女主角，结束你"万年替补"的悲惨生涯，给回你早就应得的喝彩与赞美。

'三天后，你想办法在李玉姗的午饭盒里，混入我将会给到你的腹泻药粉，我同时也会对陈静秋完成同样的行动。

'如果你同意，就在放学回家前用蓝色记号笔在你的课桌外侧面，划一道斜线，我会择时把药粉放进你的课桌，请及时注意查收。'

"姚墨妍这个女孩子，平时性格非常外向、直爽，比较争强好胜，也确实一直有想成为话剧女主角的意愿，但据我们观察，她不属于那种心思很深沉的女生，她之所以同意那么

93

做，完全是因为经不住字条上那些言语的挑唆，为了逞一时之气，才酿成了悲剧。她知道自己的所作所为害死了同班同学后，吓破了胆，现在确实已经严重到了惊恐发作的地步。

"根据目前所掌握的情况来看，基本可以断定，凶手熟知'蒋蓓蓓拿下游泳冠军就可以获得高考附加分顺利进入清华'，以及'姚墨妍长期担任话剧女一号的替补，心有不甘，渴望绽放自己的光彩，收获掌声'这两个事实，所以利用了她们心理上的弱点，用诱骗的方式，唆使她们实施投毒，最终杀害陈静秋和李玉姗，达成自己某种不可告人的目的。我们对比了建勤中学高三年级所有学生的笔迹，没有找出与字条上笔迹相一致的人，凶手应该不是该校同年级的学生，当然，也有可能是凶手在书写时刻意作了隐藏，对此，还有待作进一步的确认。"

第二次会议，就此结束。

与此同时，对姚墨妍这个女孩的人物侧写，也在周培根心里变得清晰起来。

姚墨妍：

外向、好强、有一定的虚荣心

内在性格比较单纯

判断力——弱

情绪控制能力——弱

抗压能力——弱

第三次会议，已经是七天以后的事了。

离上头要求的"两周内破案"，只剩下五天时间了。谢天谢地，案情总算有了突破。周培根在小肖的言语之间，读出了一种"真相即将大白于天下"的激奋感。

"昨天，李玉珊的母亲找到我，给我看了她女儿的日记本。日记里不止一次提到了她对学校体育部游泳教练刘海光老师的爱慕之情，并且连两人之间的私密情话也一并记录了进去。另外，陈静秋的同桌告诉我们，有好几个周末，她和班上另外两名女同学一起去书店买书，途经一家麦当劳，透过落地玻璃窗，她们看到陈静秋和刘海光两人一起在里面用餐，看上去，很明显的眉目传情、相谈甚欢的样子。这些话也得到了另外那两名女同学的证实。

"我们对这个刘海光老师进行了必要的调查。刘海光的妻子邓晚晴，是南林大学的生化系学科带头人，所以我们有理由推测，即便是在避免让妻子获悉的情况下，刘海光利用邓晚晴的职业人脉便利，辗转获取氰化钾这种毒素，是完全有可能做到的。

"此外，在邓晚晴的陈述当中，她提到自己曾多次在家里的地板上捡到黑色长发，由于她自己常年都留短发，她便去质问了刘海光。但每次与丈夫对质时，刘海光都矢口否认有异性来过家中，并数落邓晚晴神经过敏，继而引发两人争吵，故此导致他们的夫妻关系长期以来都很不好。关于头发这个问题，我们也详细了解了一下，李玉姗和陈静秋两个女孩子，恰好也都是常年留短发的，一个是为了方便日常游泳练习，另一个是因为话剧排演时，方便粘贴假发片和各种发型装饰，所以邓晚晴所提到的地板上的长发，我们怀疑刘海光在校外或许还有其他关系亲密的异性朋友曾来过他家中也未可知。

"以上的这些情况，我们已经与校方进行了沟通，学校很重视，停了刘海光的职，这让刘海光感到颜面扫地，虽然在警方多次问询的压力之下，他不得不承认自己与两名受害女学生之间，确实存在一定程度上的情感暧昧关系，但他矢口否认曾经带她们俩到过自己家中，此外，对'利用学生之间的竞争关系设计谋杀'的这个指控，他所给出的回答是——'简直荒诞至极！我为什么要杀掉自己喜欢的女孩子？！'

"到目前为止，我们还没有拿到能定他罪的直接证据，但调查还在进行当中，就过往的经验来看，刘海光的演技撑不了很久，应该很快就绷不住了。"

第三次会议，结束。

刘海光：

品行顽劣，作风不正

职业道德感——弱

自律性——无

借刀杀人？……

虽然在男女关系上，刘海光是个不折不扣的渣男，但要说他真的处心积虑策划了这场"借刀杀人"……周培根脑子里给出的反馈却是否定的。

像刘海光这种男人，是足够垃圾的，也是足够怂的，所以，凶险的事，他们是没胆子碰的。

周培根在前半生里阅人无数，这是他的大脑经过自行启动的统计学运算后得出的结论。当时的他，尚且都没有料到，案情的决定性转折，发生在四天以后。

四天以后，刘海光在家中去世。

酒瓶里的酒，喝剩下一大半，其中检测出了与两名受害女学生饭盒里相同的有毒物质。

那天傍晚，案发后便怂然搬到娘家居住的邓晚晴回自己家拿日常换洗的衣物，她用随身携带的钥匙打开门后，发现刘海光倒在客厅的沙发上，已经没有了呼吸。

犯罪嫌疑人在过于沉重的心理压力之下，畏罪自杀——案件终于在上级规定的时限内顺利告破。

然而就在案件告破的前一天，姚墨妍跳楼身亡。

二十四楼，一跃而下，尸体面目全非。书桌上摆着两页遗书，字里行间充满了无尽的自责与悔意。

事发后，姚墨妍的父母翻看了女儿的手机微信，发现最新近的那些微信记录，全部都是她和蒋蓓蓓两人的单独聊天，其中包括蒋蓓蓓发送给姚墨妍的大量说辞，其内容不外乎都围绕着同一个主题——我们俩有多该死、我们罪不可赦、我们如果不死，李玉姗和陈静秋的灵魂不会放过我们的，我们的一生都将在痛苦和折磨中度过，我们的家人也会跟着我们一起遭受现世的报应，但是，如果我们自愿以命抵命，真心去偿还，去祈求她们的原谅，命运便会收回诅咒，我们的家人也就能安然无恙地好好生活下去了……

为了防止蒋蓓蓓重蹈自己女儿的覆辙，夫妻俩强忍着心中的剧痛，第一时间把具体情况告知了蒋蓓蓓的父母，并且提醒他们千万要注意看管好自己的女儿，多开导她、安慰她，绝不能让她沉浸在道德谴责当中无法自拔。

也是在事发后，经过心理医生、父母、学校老师和社会舆论的全力的正向引导，蒋蓓蓓的心态与情绪，终于渐渐从抑郁病症中逐步恢复过来，并主动请求在康复期间参加高考。

由于蒋蓓蓓是跨级就读高三毕业班的，她的实际年龄并未满十八周岁，属于未成年人，加之陈静秋的家长出于身为父母的同理心，最终表示愿意签下谅解书，不再追责，再有姚墨妍的自杀先例作为前车之鉴，经过舆论导向与法律事实的一番博弈，倾向于保护蒋蓓蓓的呼声越来越高，最终，蒋蓓蓓的请求获得了司法部门与精神卫生鉴定中心的特许，而她也不负众望，以高出分数线四十一分的碾压式优异成绩，如愿考上了清华大学计算机系，在顺利度过心理康复期后，于大学第一学期的后半学期正式办理了入学手续。

三个月后，蒋蓓蓓的父母带着已经成为名校大学生的女儿，来警队给大家发糖，还送来了锦旗和感谢信，小郑全程录了个视频，给老周也转发了一份。视频里，蒋蓓蓓穿着红色的连衣裙，眉目低垂，羞涩地微笑着，一袭浓密的黑色长发垂顺在腰际，她的妈妈正拉着小肖的手，兴高采烈地说着女儿高考发挥非常稳定云云。

蒋蓓蓓：

　　天资卓越，成绩优异（初中跨级）

　　游泳小健将（＝坚韧不拔）

　　计算机课程自学成才（计划性＋实践性＋探索性，综合能力出众）

　　性格内敛，处事沉稳，目标明确（很早以前就对高考目标有了非常清晰的设定）

以上，是当时周培根对蒋蓓蓓的人物侧写。

然而周培根分明记得，小肖在第一次会议里是这样陈述的——"她实在太渴望得到那20分的附加分了，所以才一时头脑发热，做了伤害同学的事情。"

处事一向沉稳的蒋蓓蓓，怎么可能"一时头脑发热，做了伤害同学的事"呢？

另外，蒋蓓蓓的妈妈在视频里说——女儿在高考中发挥非常稳定。

发挥非常稳定？

如果高出分数线整整 41 分，是蒋蓓蓓"发挥非常稳定"的表现，那么，蒋蓓蓓真的像她自己所说的那样——如此迫切地需要那 20 分的附加分吗？

再有，蒋蓓蓓一心想考入全国最顶尖的计算机专业，并且在此之前，她早已在这个领域里有了自己的深耕与钻研。试想，一个计算机领域的小专家，如果想买一些通过正常购物渠道买不到的东西，那么，在国际互联网的暗网上，即便留有非法交易的记录，警方也很难获取有效证据。

周培根的思绪，开始不受控制地向外蔓延。

智商超群，性格内向，精通计算机应用，行事沉稳。

法定年龄比同班同学小两岁，案发时，属未成年人。

与刘海光之间的恋情，隐匿了多长时间，不确定。

刘海光的色心泛滥与情感背叛——他不得好死，那两个女孩也一样。

因为足够聪明，所以知道——最完美的局，是把自己也一起做进去。

刘海光或许没有撒谎——他或许确实没有带李玉姗和陈静秋去过自己家里，但他带蒋蓓蓓去过，而且不止一次。

邓晚晴几次在家里发现的长头发，都是蒋蓓蓓的，直到最后，她还陪在刘海光身边，并亲手在他的酒瓶里投下了药，不过药的来源，与邓晚晴的工作环境及人脉并无关系。

好了，该死的人都已死绝，心中的那口恶气也算是出了。

最后，轮到姚墨妍了。

为了争取舆论的倾斜最大化，为了让自己成为最终的利益获得者，蒋蓓蓓成功诱导了姚墨妍——一个单纯的、傻乎乎的、脑子一根筋的女孩子，一个与自己的爱意或妒意完全没有任何牵扯的女孩子。

四条人命，灰飞烟灭。

而她，准时参加高考，顺利高分上榜，成功从自己设的局里全身而退。

仿佛是玩了一场刺激的虚拟游戏，整个过程如此丝滑，就像在手掌中操控一只鼠标。

仿佛有一幕幕影像，从周培根眼前划过——

那个十七岁的女孩子，在向父母展示她的大学录取通知书。

她一条一条接收亲朋好友不断送上的"恭喜"微信，并很有礼貌地逐句回复。

她正在收拾北上的行囊，为自己的新征程，整装待发。

她甩动着迎风飘扬的长发，像初初绽放的花儿一样，走在阳光里，走在一往无前的、人生的康庄大道上。

周培根已经退休大半年了，再也没有庆功宴可参加了，身边再也没有同事会反问他——"证据呢？"

今天，他一个人喝酒，希望能真的大醉一场，就当是和刑警大队正式告个别吧，也和自己的"特殊才能"彻底告个别。

告别所有该忘的、不该忘的、想忘的、不想忘的。

就这样，偃旗息鼓吧。

趣味推理（二）

"我也真是搞不明白了，每次只要咱们的车一开到这个路口，就开始堵，像是某种既定的宇宙规律。"赵超用手掌抵着方向盘，叹了口气道。

"好啦，别抱怨啦，老大不都说了嘛，今天是最后一次了，以后市局里举办的这类培训活动，全都让新进的小同志们去参加，咱们三个人啊，以后就算想去也拿不到名额了。"肖燕靠在车后座上，仰了仰酸痛的脖子。

"其实别的倒也没什么，就是一来一回，耗在路上的时间太长了，实在是有点浪费生命啊。"郑智康坐在小师姐身边，右手中指百无聊赖地滑动着手机触屏。

"哦对了赵超，谢谢你上个月给我的书单哦，你推荐的那八本书，我都买好了。"肖燕说道。

"小事一桩。怎么，送给你们家依依了没？"赵超问道。

"没呢，她还小，看这些东西有点儿太早了，再说了，我自己得全部先'查阅'一遍，别到时候书里面有些什么少儿不宜的情节。"

"拜托，人家这书是正规出版社里发行的，都是经过严

103

格的三审三校的，还需要你来查阅？你这姑姑当得……比当妈的都偏执。"

"那不叫偏执好吧，那叫责任心，知道吧？"肖燕支起身子，语气里带着一股较真劲儿。

"OKOK，责任心。"

"另外我跟你说哦，拜你所赐，我第一本读完的就是《趣味推理》。"

"怎么样？少儿不宜吗？"赵超呵呵一笑。

"那倒没有，不过我发觉哦，这本书里有那么几道推理题真的是有点厉害的，怎么现在这种书都写给小孩子看啊？我们成年人看了都不一定吃得透哦。"

"不是跟你说过了嘛，现在的孩子心理成熟得早，和我们当年，那可不是一个级别的。"

"喂，小康康，你是不是觉得我们这样子坐在车上，很浪费生命啊？"肖燕目光闪烁，转头问郑智康道。

"干嘛啊小师姐，你想说啥就直说呗……"郑智康被她突然这么一问，有点招架不住。

"赵超，这本书你都已经看过了是吧？"肖燕一脸认真地问询道。

"哪有啊，我就随便翻了几页看看，就包括上次让你们猜答案的那道题。"

"啊！原来你没看过啊！"

"干嘛啊，一惊一乍的，没看过怎么了？"赵超问道。

"没怎么啊，那就说明只有我一个人全部都看过了啊，哈哈，太好了！"

"哇……笑得那么开心，看来少儿读物的目标读者群确实应该扩大了。"赵超忍不住埋汰道。

"喂，你觉得吗，上次你考我们的那道题，确实属于动机推理系的典型题哦。"

"没错啊，所以呢？"

"所以，经过对该书的一番纵览，我又发现了好几道类似级别的、非常'高级'的推理题，要不……跟你们一起分享分享？大家意下如何呀？"肖燕眯着眼睛笑道。

"可以啊，咱们正好消解一下堵车时光的了无生趣嘛。"

"小师姐，你是打算让我们的头脑时刻都保持在高强度运作的进程当中啊？"郑智康讪讪地笑道。

"是呀，这样你就不会觉得浪费生命了呀，对吧小康康？嗯？"

"小康康，你看到了吧，你小师姐今天可是有备而来的，打算好好在我们面前显摆显摆呢。"赵超调侃着说道。

"啊呀超哥你怎么能说小师姐显摆呢，你应该装作没发现才对呀……"

"你们两个真烦，都给我认真听好！我要开始提问了。"

"肃静肃静，小师姐要开考啦。"郑智康乐呵呵地搓了搓手。

"为了抵御光阴白白流逝的虚无，肖老师，请出题！"赵超说着，把臂膀一扬。

"等一下，让我想想……有了！都认真听好啊，这个题目是这样的，在一栋公寓里，有一家住户打电话报警，说看到隔壁邻居好像遭遇了不测，警察接到电话以后呢，立马就赶到了现场，他们看到一个中年男子倒在客厅的地板上，胸口被刺了好几刀，经过法医的鉴定，这个男子已经死亡了。从现场勘查的迹象来看呢，这个死者的尸体，是半靠在他身后的墙壁上的，他的右手食指上沾染了血迹，而且指甲的缝隙里，嵌入了墙壁上的白色涂料粉末。在他身后的墙壁上，有一个血迹形成的记号，看上去像大写英文字母——'Y'。那么请问，死者为什么要留下这样一个记号？这个记号，究竟代表了什么呢？请回答——"

"就这？这有什么难度吗？"赵超故作轻慢地问道。

"没难度吗？好，那你说说你的想法。"肖燕答道。

"我认为这个'Y'字，是凶犯姓氏拼音的第一个字母，就比如：殷、颜、杨、尹、叶，等等。"赵超振振有词地答道。

"哈！要真是这么表面化，那还谈得上什么'趣味推理'？趣味呢？在哪儿？你傻不傻……小康康，你怎么想的啊？说说看。"

"我在想，有没有可能是这样……"郑智康沉吟了片刻。

"嗯？"肖燕扭头朝他看去。

"有没有可能……这个血迹并不是大写字母'Y'？"郑智康问道。

"不是字母'Y'？那是什么呢？"肖燕反问道。

"是大写字母'V'。死者写完以后，血渍还没来得及干，就顺着墙壁淌了下来，因为是呈一条直线流淌的，所以看上去就像字母'Y'一样。"

"你这孩子，很有想法嘛，值得表扬，虽然也没说对，但是有点接近了，不错不错……"肖燕笑嘻嘻地说道。

"这肯定不对啊，根本没有哪个姓氏的开头字母是'V'啊，汉语拼音啊，拜托。"赵超等不及要反驳。

"赵超你先别急着推翻他，我跟你说，小康康的想法，已经接近答案了。"

"你要是这么说的话，那就应该是大写字母'W'了，死者在弥留之际，想留下线索，但写到一半，没能坚持住，所以'W'就成了'V'，而'V'上面的血迹就笔直流淌成了'Y'。"赵超言毕，目光灼灼。

"啊呀错错错，原本导向正确答案的思路又被你叉开了，真是的……"肖燕一脸不屑。

"小师姐，是不是这个字母并不是某个姓氏的拼音首字母啊？是不是也有可能是昵称、笔名、别名的首字母啊？"郑智康问道。

"或者是英文名的缩写？"赵超补充道。

"啊呀……不是！都不是！我不都说了嘛，刚才小康康的推理方向明明已经开始有点对了，现在又被你们瞎想八想搞乱了！"肖燕气得直跺脚。

"小康康你刚才是说的什么来着？"赵超扭头看了郑智康一眼。

"我说是字母'V'呀。"

"'V'？'V'代表了什么呢？……"赵超困惑了。

"'V'……代表……代表……"郑智康一副极尽思虑的样子，口中念念有词。

"'V'代表一个剪头！！"肖燕终于忍不住了，大声地和盘托出。

"什么？？"赵超和郑智康异口同声问道。

"剪头！'V'代表一个垂直向下的剪头！死者想要留下的线索是——杀死他的凶手，是住在他家楼下的那个邻居！就好比假如他住在2203室，那么凶手就住在2103室——垂直向下的那户人家，知道了吧？"肖燕一边解释，一边竖起右手食指朝正下方戳了两下，"而且为什么我刚才说小康康的推断已经接近真相了，因为血迹确实是沿直线方向往下流淌的，所以那个剪头才看上去像个字母'Y'。"

"你不觉得这么理解……太牵强了吗？"赵超显然很不

服气。

"小师姐，我也觉得这应该是个字母才更说得通些，姓名、昵称之类的首字母，或者英文名的缩写，但如果非要说这是个剪头，我觉得有点匪夷所思啊。"郑智康紧接着说道。

"哎呀，说它是个剪头而不是个字母，是有充分理由的好不好！"肖燕再度提高了嗓门儿。

"吾等愿闻其详。"赵超的不服气愈发明显起来。

"死者在弥留之际，肯定意识到自己快要支撑不住了，在这种前提下，如果他想要留下一丝可供警方锁定凶手的关键讯息的话，他一定会本能地写在离自己身体最近的地方，可这个男子，他没有把记号写在顺着自己身体姿势就可以轻易够得到的地板上，而是费力地转过身去写在了墙面上，为什么？"

"哦？？……"郑智康的两瓣嘴唇撅成了一个"O"型。

"明白了吧？这不是字母'Y'，也不是字母'V'，更不是没写完的字母'W'，这就是一个垂直向下的箭头，理由是——他费尽全力把箭头画在墙面上，是因为墙面与地板，是呈垂直状态的，只有这样，才能直观地表达出他的意思，暗指凶手就住在他所处方位垂直向下的那间寓所里。如果像你们所说的，这个记号是代表一个字母，那么他显然只需要把字母直接写在地板上就行了，对吧？我这么解释，可以了吧？足够有说服力了吧？"

"你要这么说的话……"赵超总算缓缓地吐出了半句话，

109

"可是……这明显是误导啊，你一开始就说墙面上的记号看上去像大写字母'Y'啊！"

"我说像大写字母'Y'，只是说形状相近，这不能算误导吧?！"肖燕摆出了争辩的架势。

"那个……超哥，小师姐说得没错，是我们的思维被'字母'这个概念抢先代入了，这应该就是那个出题的人在措辞时，故意留在字面上的梗吧。"

"你看，还是我们小康康的认知比较客观呢。"

"行吧行吧，算你对。你……还有什么其他的牛逼推理?小康康，我们要屡败屡战啊！"赵超话里话外满满的心有不甘。

"当然有啊，我这不正继续显摆着呢嘛。"肖燕自我解嘲般地答道。

"超哥，我觉得这本书里的内容好像真的挺有意思的嘛，你把封面截屏发我一下呗，我也去买一本看看。"郑智康饶有兴致地说道。

"我跟你们说哦，我可是花了整整一个周末的时间，从头到尾看了一遍，里面有好几个推理都很经典。"

"哼，那还不是因为我选书有眼光?"赵超自鸣得意地说道。

"好了啦超哥，你让小师姐再给我们讲一个呗。"郑智康催促道。

"嗯嗯，肖老师，您继续。"车流缓慢地向前挪动着，赵超不断交替地踩着刹车和油门，光是这路况，也已经足够考验他的耐心了。

"好，我再说一个……说是有一对中年夫妻，妻子是第一次结婚，丈夫是二婚，他的前妻很早以前就去世了，因为考虑到现任妻子的年纪也比较大了，而且这个丈夫在第一次婚姻中已经有一个儿子了，所以两人婚后就没有再要孩子。这个妻子非常喜欢养宠物，于是他们就在家里养了一只边牧犬。这个男人的儿子和儿媳知道爸爸再婚了，也很高兴地送来祝福，之后呢，两代人一直都相处得很好，也经常往来走动。

"到了第二年，那只边牧犬生病死了，妻子心里非常难过，儿子和儿媳都赶来安慰她，因为边牧犬的体型很大，所以他们就一起在屋外的自家花园里挖了一个巨大的土坑，把狗的尸体埋在了里面。

"话说这个丈夫呢，是那种在事业上很有成就的人，也积累了不少财富，但是因为常年累月的高强度工作实在太辛苦了，最终得了不治之症，在第二次结婚后没过几年，就去世了。他在弥留之际准备立遗嘱的时候，原本打算把自己所有的财产一分为二，一半给儿子，一半给他的现任妻子，但这个儿子生性非常要强，说他要白手起家闯出一番属于自己的事业，所以直接拒绝了父亲的好意。当时儿媳也曾极力劝说自己的老公不要那么偏执，但这个儿子很倔强，硬是不肯接受父亲留

111

给他的一分一毫，任何人的劝说都无济于事，最后儿媳也只好无奈作罢了。这个父亲尊重了儿子的决定，在最终写下的遗嘱里，他把所有财产全都归给了自己的现任妻子。

丈夫去世以后，这个妻子感到生活很孤单，于是在儿媳的提议下，她又养了一只和以前那只一模一样的边牧犬，此后呢，她和她的狗就在原来丈夫留给她的那栋房子里安然度日，就这样大概差不多又过了两年，有一天，那只边牧犬突然间平白无故地因为食物中毒死掉了，这个妻子就觉得事情很奇怪，因为平时喂狗的食物，一直都是她自己精心调配的，怎么可能中毒呢？只是虽然她心中有疑惑，但也实在无从查找缘由，伤心之余，她只好又在自家花园里挖了一个巨大的土坑，把这只边牧犬的尸体也埋了进去。

"自己心爱的狗突然离开了，这个妻子感到心情很低落，于是就决定外出旅行一段时间散散心，可没想到的是，几星期后，就在她旅行结束回来后的第二天，有两个警察突然找上门来了，通过警察的讲述，她这才得知，已故丈夫的那个亲生儿子，已经失联好几天了，儿媳非常担心，所以就报了警。今天警察过来，是对她进行例行问讯的。她对警察提出的问题都一一作了如实的回答，临走的时候，警察意外地发现，外面花园里的土壤有明显的大面积松动，这引起了他们的怀疑，随即就问了那个妻子，妻子解释说是前段时间自己在花园里埋葬了因食物中毒而死去的宠物狗。警察隐隐觉得情况不太对劲，于是便命人挖开了那个大土坑，结果竟然发现，里面的尸骨根本就不是边牧犬的，而是属于一名成年男子的。后来经法医鉴定，这具尸骨，正是她已故丈夫的亲生儿子的。那么请问——儿子是谁杀害的？"

"不该是那个第二任妻子吗？"赵超不假思索地回答道。

"不是吧，如果是那个妻子杀的，她会傻到把尸体埋在自己家门口？"郑智康反问道。

"也许是她太慌乱了，没能顾得上呢？她又不是个惯犯，完全没经验啊。再说了，单凭她自己一个人，也不可能把一具成年男子的尸体搬运到别处去埋起来啊。"赵超解释道。

"可是，她为什么要杀死自己老公的儿子呢？根本没有动机啊。"郑智康问道。

"没有动机……要么是失手错杀？"

"失手错杀？那失手错杀的一般情况，都是两个人之间有矛盾，起了争执，然后相互推搡……对吧？那他们之间的关系一直那么融洽，能有什么大的矛盾呢？"

"要说矛盾嘛，也很可能是跟当年遗产分配的事有关喽？"赵超推断道。

"你的意思是说，在遗嘱正式生效以后，那个儿子反悔了，想要追回他爸爸留给他的钱了？"

"那除此之外，也没有什么别的可能了呀。"

"就算真是这样，那既然他们关系那么融洽，那个妻子拿点钱出来分给继子，应该也没什么不愿意的吧？也不至于闹得那么不堪吧？"郑智康疑惑地问道。

"就说你还太年轻吧，我跟你说，在遗产分配决定之前她愿意是一回事，等钱全都捏在自己的手里以后，再想要她掏出去，而且是给一个跟自己完全没有血缘关系的人，那就是另一回事了，懂吗小朋友？"

"超哥，或许你说的确实有道理，只不过我在想……"

"什么啊？"

"我在想，呵呵……我们讨论了这么多，实际上都是在瞎扯淡啊，作为一道趣味推理题，明面儿上就看得出是那个妻子杀的，那真正的罪犯显然就不可能是她喽，对吧？小师姐，那个凶犯，在你谜题的陈述中出现过吗？"郑智康问肖燕道。

"该不会到最后，答案是什么完全想不到的意外事件吧？"赵超紧跟着问。

"当然出现过啦！废话……"肖燕给出了确定的回答。

"那就简单了呀，我算算哦，丈夫、妻子、儿子、儿媳、警察、狗……儿媳？？！"郑智康掰开了数算的手指一下子握成了拳头。

"儿媳？？"赵超双眉紧皱道，"动机呢？"

"她为什么要杀死自己老公啊？"郑智康全然不解地问道，"而且，为什么尸体会出现在她婆婆的花园里？"

"是两个女人合谋吗？"赵超发问道。

"为什么合谋？理由呢？"郑智康疑惑地看着肖燕。

"老天爷呀！……你们这两个废柴真是……不是合谋！是栽赃！栽赃！！先有遗产分割这件事的存在，之后儿子的尸体在继母的花园里被找到，你们想想看，儿子被杀害了，继母还坚持称自己埋的是动物的尸体，但从法律上讲，只要证据链完整闭合，继母必定难逃死刑。那么请问，这样的一个结局，谁才是最终的获益者？——显然是那个儿子的老婆嘛！她当年极力劝说丈夫接受父亲的遗产，但丈夫不听，可见她心里肯定是觊觎那笔财产的呀，既然丈夫已经愚蠢到完全指望不上的地步了，不如干脆一箭双雕，直接拿下全部家财。两位，听明白了吧？"

赵超和郑智康面面相觑，车里的氛围顿时沉淀了下来，乐得肖燕忍不住大笑，"还合谋呢，你们好缜密啊，哈哈……我都不知道该说你们什么好了……"

"你别笑话我们啊小师姐，咱们屡败屡战嘛，是吧超哥？"郑智康说着，拍了拍赵超的座椅靠背，可赵超端坐在驾驶座上，一句话也不说，想必心里正憋闷着呢。

"好啦好啦，别泄气嘛，来来来，我再给你们讲一个，这次拜托都长点脑子啊。"

"废话少说。"后视镜里，赵超皱起的眉头到现在都没松开。

"收到！"肖燕笑意盎然，清了清嗓子，"说是有一个男人，他呢，长相很英俊，但从来不务正业，只知道吃喝嫖赌，他的父母很早就去世了，他也没有什么兄弟姐妹，只有一个其貌不扬但家里非常有钱的女朋友，这个女朋友呢，爱这个男人爱得很深，只想和他长相厮守一辈子，她明明知道这个男人喜欢的是她的钱而不是她这个人，但她并不介意，只要他愿意跟自己在一起就行，而且她也知道，只要自己不断地给他钱，满足他的花销，他就会永远跟自己在一起。

这个男人呢有一个远房的叔叔，事业做得很成功，这个叔叔没有儿子，只有一个独生女，他本来是想培养这个女儿做自己的接班人的，但考虑到女儿将来肯定是要嫁人的，一旦嫁了人，他自己辛辛苦苦打拼出来的家业，就等于白白送给别人了，这一点是他无法接受的。于是他考虑再三，准备更改遗嘱，打算培养这个远房的侄子做自己的接班人，将来继承自己的事业，这样的话，家产至少不至于会外流。但很蹊跷的事情发生了，这个叔叔还没来得及改遗嘱，就被人杀害了。请问——你认为凶手应该是谁？"

"这种情况的话，一般来讲，警方基本会认定犯罪嫌疑最大的人就是他女儿了。"赵超回答得很迅速。

"是哦，很显然，只有他女儿有最明确、直接而且强烈的杀人动机。"郑智康补充道。

"哦？你们所指的杀人动机，是什么呢？"肖燕问道。

"就是她无法接受原本只属于自己的财产，现在全都拱手让给了她的远房表哥啊。"赵超回答道。

"是啊，但是只要她爸爸现在突然去世，那么原先的那份遗嘱就即刻生效了啊，她也就成了第一且唯一的继承人了啊。"郑智康再度补充道，"不过嘛，还是跟刚才一样，既然这是最显而易见的结论，那作为'趣味推理'，正确的答案肯定就是罪犯另有其人，对吧？"

"说来说去，还是犯罪动机的问题，"赵超说道，"那个……肖老师，还是要先跟你确认一下哦，这里面不包括自杀或者意外死亡，对吧？否则我们的推断就没有意义了。"

"嗯，不是自杀，也不是意外，你不用考虑那么多，就是蓄意谋杀。"肖燕答道。

"除了他女儿以外，还有谁会在受害人死后获得利益呢？……"赵超轻声自问道。

"这次咱们别想得那么复杂了好不好，老办法——排除法。在小师姐刚才整个叙述的过程当中，所有出现过的人，共有哪几个？我捋了一遍，得出的结论是，凶手就是——那个侄子的女朋友。"郑智康的语气很淡定。

"我知道了，私生女！那个侄子的女朋友是叔叔的私生女！"赵超恍然间悟出了什么似的，"也就是说，其实原本遗嘱上指定的继承人是婚生女和私生女两个人，私生女不愿意属于自己的那部分财产落入他人之手，所以杀了准备更改遗嘱的生父……"

"可是……这个女朋友——也就是我们假定的这个私生女，她自己家里不是已经很有钱了吗？"郑智康喃喃地问道。

"你又来了！哪怕她再有钱，也不会眼睁睁地看着原本属于自己的遗产落到别人手里呀！人心是那么容易知足的吗？！再说了，你怎么知道她平时自己花的钱是养父母给她的还是生父私下里一直在供给的啊？"赵超一脸正经，开始教育起郑智康来，"你啊，too young，too naive……"

"可是……她不是深爱着她的男朋友嘛？首先这点是肯定的，对吧？既然是这样，那现在这个叔叔是要培养她的男朋友成为接班人，那不是天大的好事吗？那她不是应该成全还来不及吗？"

"打住打住！停！"肖燕突然大声宣布。

"小师姐，你又干嘛啊？……"看着肖燕一副咬牙切齿的样子，郑智康不解地问道。

"小康康，你说得很对，她是深爱着她的男朋友，但是你想过没有，正因为她深爱着她的男朋友，所以，一旦她的男朋友继承了叔叔的家业，他就摇身一变，自己成了富二代了呀！他如果自己成了富二代，那就意味着他再也不缺钱花了呀！那他再也不缺钱花了，还要这个女朋友干什么用啊？你别忘了，他男朋友是只爱她的钱，不爱她这个人的呀，那还不是分分钟就把她给甩了？！明白了吧？所以那个叔叔必须死，这样她自己才能继续成为男朋友的金钱供给者，这样她的男朋友才

118

会永远跟她在一起。明白了吧？所以，虽然你们的答案是正确的，但是，从头到尾根本就没有什么——私！生！女！"

郑智康听了肖燕的解释，半晌没有说出话来，过了好一会儿，才支支吾吾了一句，"这个逻辑，我好像不是很理解……"他像是带着疑问似的看了赵超一眼，只见赵超双目呆愣地抿着嘴，"你别看我，我也不理解。"

"哪里不对吗？"肖燕问道。

"不是呀……为了跟一个男人在一起，而且还是一个根本不爱自己的男人，她……会不惜去杀人？？我不太能理解啊，小师姐，你们女人……真的会这样想问题、这样做事情吗？"

"哈哈，小康康，这个问题你最好回去向你老婆请教，可千万别问你小师姐，她只懂逻辑，只要逻辑自洽就行，关于'女人'的想法之类的嘛，其实她跟咱俩一样不懂。"赵超说着，露出了久违的一脸坏笑来。

"你少废话！算你懂得最多，好了吧？！"肖燕举起手机，轻敲了一下赵超的后脑勺。

"那没有没有，我不是说了嘛，咱也不懂，完全不懂，这不是……大家一起讨论呢嘛，哈哈……"

窗玻璃外的景致，一点一点加速着后退，前方路段的拥堵状况逐渐开始缓解。

"好了好了，现在留点时间让你们的大脑稍作休息啊，毕竟等一下咱们回来的路上，两位还要继续越挫越勇呢。"肖燕说罢，伸了个懒腰，眼里又恢复了奕奕神采。

"喂，我发现你的记忆力真不错啊，你该不是把整本书的内容都装到脑子里了吧？"赵超的问话里带着些许钦佩与艳羡。

"那没有那没有，其实印象比较深刻的，也就这么几道题了，不过总的来说吧，编写这本书的人，脑子里确实是有点干货的。"

"那是，不过说到底，还是我选书有眼光啊。"

"大哥……你刚才已经说过了啦……"

"啊？我说过了吗？没有吧？"

"你说过啦……"

"扯淡，说没说过我自己不知道吗？"

"你真的说过啦……不信你问小康康。"

"小康康，喂！小康康！"赵超喊道。

"小康康，你超哥问你话呢……"

"所以……所以说女人真的就是那样想问题和做事情的？真的是这样吗？？"郑智康用一种无比纯粹、无比较真、充满了无限求知欲的目光，热切地回望着他们俩。

趣味推理（三）

"同志们，这可是我们最后一次踏上这条漫长的征途了啊，以后就要轮到我们的后辈来享受这种极限的堵车体验了。"来来回回开了那么多趟，赵超已经对车窗外浩浩荡荡的车流以无比的龟速向前行进的状态感到习以为常了。

"啊！前仆后继，是何等的波澜壮阔！"郑智康诗性大发的语调伴着一副百无聊赖的表情。

"以后我们出任务的时候要记得留个心，开车得绕过这个路段，不然可得耽误事儿。"肖燕心里依旧时刻牵挂着工作。

"喂，你晕菜啊，出任务不鸣警笛的啊？"赵超揶揄道。

"嗯？……你好像说得对哦，唉，晕了晕了……"

"小师姐是背考题背晕了。"郑智康笑道。

"可不是嘛，讲一道题，至少得背下个千把字呢，为了难倒我们，你小师姐可真没少费心。"赵超紧接着郑智康的话题道，"小康康，你下次挑两道刁钻的，去考考丁帅，欣赏一下他败下阵来的表情，气气他。"

"嘻嘻，我心里也是这么想的，只不过要难倒他估计不大容易，他这个人吧，思维跟正常人不一样，邪乎得很。"

"天分高的人，哪有不邪乎的？小康康啊，你要是有本事把丁帅拉进咱队里当正式工，那就算你为人民大众办了一件大好事。"肖燕说道。

"唉，小师姐，你别看他天分高，他其实就是块不争气的料。前段时间缺零花钱，盯在我屁股后面要我救济他，哈哈，他爸爸居然卡他零花钱，笑死人了，你们没看到他那猴急样儿，真吃不消。"郑智康痴痴地笑着说道。

"关于这个丁帅哦……其实我一直都很想知道，那会儿他到底是怎么帮你把枪弄回来的？你问过他没有啊？"赵超的脸上很难得地显露出一丝钦佩来。

"问过啊，当时我就问他了，可你知道他回我一句什么话？——'你到底要不要回去上班啊？不去的话把枪还给我，我自己拆开来玩玩。'然后，我就只好永远地闭嘴了。"

"哈哈哈，一听就是丁帅的风格啊。"肖燕大笑着说道。

"他这个人，就是脑子的出厂设置有问题。"郑智康无语地翻了个白眼。

"像丁帅这种情况，能弄进队里吗？"赵超问道。

"特事特办嘛，有啥不行的。"肖燕答道。

"可关键是他自己心里要愿意才行啊，你们看他现在过的这叫什么日子嘛，每天生物钟都是颠倒的，做什么不做什么，全凭自己高兴，要让他正正规规地上个班，恐怕是蛮难的。"郑智康说着，叹了口气，立马又回转了话题，"咦？小师姐，你怎么不继续出题了呀？我们要开始屡败屡战了呀，对吧超哥？"

"就是，肖燕你赶紧的，倾囊而出，不然时间一长，你辛辛苦苦背下来的题该记不清了。"赵超揶揄着说道。

"啊哟，你们两个呆子，刚才我都讲了一路了，请问有哪道题你们是准确答上来的？"

"那你可别夸口啊，上次我出题考你，你不也没回答上来嘛！"赵超又不服气了。

"行行行，敢情我们三个人就是咱队里的猪队友，可不能让老大和老周他们知道啊，我可丢不起那个人。"肖燕说道。

"哈哈，那要不你挑个简单点儿的讲，不要那种……那种很诡异的。"赵超说道。

"对对对，快快快。"郑智康催促道。

"简单点儿的？让我想想啊……有了。

"听好啊，这个一点儿也不诡异。是这样的，说六月二十二日下午，有一个老大爷独自跑到派出所来，说他的儿子想要杀死他，要求警察对他实行二十四小时的贴身保护。"

"不得了，都已经精确到具体日期了，这还不诡异？"赵超倒吸了一口气。

"别打岔，听好！

"然后呢，警察就问他，你儿子为什么要杀你啊？他回答说，自己住的老房子前两年拆迁时，拿到过一笔数额可观的

123

拆迁补偿款。他老伴去世后，他就跟自己的儿子住在一起，但这个儿子因为赌博成性，欠了很多钱，又没有能力偿还，所以现在主意打到他爸爸的拆迁款上来了。老大爷还说，他现在有一种很强烈的预感，觉得他儿子想要杀死他，然后拿着他的钱去还赌债，还清以后继续赌。老大爷说自己因为这个事情，每天惶恐得快要承受不住了，这才跑来寻求警察的保护。

"当时警察们听了，觉得这种事情属于家庭内部纠纷，而且老人年纪这么大了，想问题很容易夸大事实，所以他们也并没有引起足够的重视，就安慰了老大爷几句，叫他不要胡思乱想，也没有给到他什么实质性的保护，结果这个老大爷看上去就很不开心，气呼呼地走了，一边走一边嘴里还骂骂咧咧，骂的声音很响，整个案件受理等候大厅里的人都盯着他看。

"结果到了第二天，也就是六月二十三日，这个老大爷的尸体被邻居们发现，立马就报了案。办案人员询问了周边所有的邻居，大家都说昨天早上，也就六月二十二日早上，看到老大爷出门倒垃圾，之后就再也没见到过他了。

"根据派出所的访客登记记录，老大爷是六月二十二日下午两点三十分来找民警求助的，民警当时劝了他大约三十分钟左右，也就是说，这个老大爷最后出现在大众视线里的时间，是六月二十二日下午三点，老大爷的尸体是在他家卧室里的地板上被发现的，根据血液喷溅的轨迹来看，尸体没有被拖拽过的痕迹，也就是说，这个卧室，是他的死亡第一现场，从派出所步行回到老大爷家中，至少需要二十分钟，结合上述情况和法医对尸体的勘验，这个老大爷的大致死亡时间被推断在六月二十二日下午三点二十分至六点二十分之间。然而，从当天下午三点十五分起，一直到次日上午尸体被发现的这段时间里，他的儿子一直都在 KTV 里和一群狐朋狗友喝酒唱歌，根据 KTV 门口的监控记录显示，他儿子三点十五分进去以后，整个晚上都没有出来过，而且因为洗手间是设在包间内部的，所以他完全没有离开包间的可能性，也就是说，他的确拥有完美的不在场证明，说明自己不是杀害父亲的凶手，但除了他儿子以外，老大爷平日里并没有什么结怨的仇人，社会关系也非常简单，由于一直找不到其他疑点，所以案件的侦破就难以推进。请问——如果你是警察，你认为谁是凶手？"

"没了？说完了？"赵超问道。

"说完了啊。"肖燕答道。

"这么短？"

"对啊，就这么短。"

"小师姐，除了他儿子外，你的叙述中都没有提到过别人啊。"郑智康说道。

"还提到了警察，说不定凶手正是儿子和警察之间的二选

125

一？"肖燕嘻嘻一笑。

"嗯，可见你探案小说确实没少看，理论上是有这种可能性的。"赵超佯装得一本正经。

"那除非……儿子的不在场证明，是假的。"郑智康摸了摸自己的下巴，沉吟道。

"那你怎么证明它是假的呢？"肖燕问道。

"包间里有另外的出口通道。"赵超紧接着说道，"这个儿子利用了KTV里那群狐朋狗友的证词和当天的监控记录，帮助自己设立了伪造的不在场证明，而事实上，在二十二日下午三点二十分到六点二十分之间，他伺机从秘密通道溜出去，杀害了他爸爸，然后又潜回了KTV包房。"

"不是不是，推断错误！"肖燕否定得斩钉截铁。

"超哥，你这个推断太寻常化了，这里的真相，肯定是逆转常规思路的。"郑智康说道。

"我提示一下啊，你们知道在悬疑小说创作中，有一种常用的技巧，叫作'叙诡'吗？"肖燕问道。

"知道啊，叙述性诡计嘛。"赵超补充说明道，"就比如说，前一章节中的第一人称叙述者'我'，可能到了后一章节，就指代另一个人了，但因为都是用了'我'字，所以读者会因为没意识到登场人物已经改了，从而中了作者设下的情节圈套。"

"非常正确。"肖燕拍了一下前座的靠背，确认道。

"以为是这个人，但实际上不是这个人……小师姐，你想暗示我们什么？"郑智康疑惑地问道。

"因为没意识到登场人物改了，而中了圈套？登场人物改了？谁改了？"赵超自言自语道，"老大爷改了？还是儿子改了？"

"老大爷改了。"回程路上，肖燕已经开始对他俩的各种纠结失去了耐心欣赏的雅兴，"这个老大爷，是他儿子经过精心化妆后假扮的，其实真正的老大爷，在下午两点三十分之前就已经被他儿子杀害了，他儿子在作案以后，自己假扮成父亲的样子，佯装寻求警察的帮助，在两点三十分的时候故意出现在派出所里，一直到三点钟才离开，让那里所有的人都有机会看到他。离开派出所后，他卸掉脸上的装扮，在三点十五分时踏入 KTV 的大门。

"如此一来，老大爷的死亡时间就被误断为是在三点二十分以后，而他的儿子在这个时间点之前就已经在 KTV 的包房里了，所以他便拿到了看似无法攻破的不在场证明。因为尸体的死亡时间一般只能估算在一个范围内，并不能推断到非常精准的时间点，所以他的这番设计，成功地让派出所里的警察和 KTV 里的那些人帮他扎扎实实地作了一回'伪证'。"

"这也太假了吧，一个年轻人，通过化妆假扮成老人？警察在这么短的视线距离范围内，会看不出来？？"赵超感觉完全不能被信服。

"你可不要小看易容术哦，在全然没有怀疑的前提下，大多数人看不出来的可能性是非常高的。"肖燕据理力争道。

"我也觉得这个答案太戏剧化了，好像有点站不住脚，不过我承认——逻辑上是通顺的。"郑智康说道。

"既然逻辑上是通顺的，那姑且不论是不是戏剧化，至少这个答案为我们的假设与推演提供了更多一种的可能性吧，对吧？"肖燕说道。

"要是这么说的话……那还是可以接受的。"赵超说道。

"好了好了，几个构思比较不错的，我都已经分享给各位了啊。"肖燕说着，打了个哈欠。

"啊？别的那些推理，都不好玩吗？"郑智康问道。

"那也没有，只不过陈述得都比较简单了些，细节交代上也很粗略，没那么……诡异，呵呵。"肖燕笑着答道。

"有多粗略啊？你举个例子嘛。"赵超说道。

"就比如有一道题，说是一个男人到海边散步，他走着走着，突然发现有一个女人倒在沙滩边。他一开始以为那个女人可能只是身体不舒服，就赶忙跑过去，一边喊她一边推了推她的身体，但那个女人一丝反应都没有。男人觉得不太对劲，就伸手过去摸她的脉搏，却发现脉搏已经停止跳动了，他大惊失色，马上跑回去打电话报警，说自己在海滩上发现了一具女尸。结果等警察赶到以后，发现海滩上空无一人，只找到一只混在沙砾中的白色乒乓球。

"这道题就是想说明，在腋下部位夹住一个小球样的东西，脉搏就测不出来了，用这种方式，可以诈死。那个女人可能是离开得过于匆忙，把乒乓球遗漏在海滩边了。"

"那她为什么要诈死？是知道这个男人会来散步，故意让他看到的吗？"郑智康问道。

"不知道啊，题目里没说……"肖燕答道。

"怎么感觉没头没尾的？"赵超问道。

"这个就是考考大家知不知道活人怎么才能测不出脉搏嘛，纯基础技术题喽。"

"唉，编得不好，我还等着听个阴谋故事呢。"赵超说道。

"是很简略的呀，还有一个，说是一个男人感到身体不舒服，就去医院找他当医生的老同学帮他看看，那个老同学帮他抽了血，说是要做个化验，叫他第二天再过去拿化验报告。结果当天晚上，这个身体不舒服的男人就被枪杀了，但是警察在案发现场和尸体内部，都没有找到射杀他的那颗子弹。请问，子弹去了哪里？

"那是因为杀死这个男人的凶手，就是白天帮他检查身体抽血化验的那个当医生的老同学，他拿到这个男人的血样以后，就冷冻起来，等血液变成冰冻的固体以后，再切割成和子弹一模一样的尺寸与形状，然后将这颗'血弹'上膛后，射杀了他。

"子弹打入那个男子的身体以后，就融化成了液体血，所

129

以无论是在死者体内还是在案发现场，都不可能找到那颗固体的子弹，而且，即便是经过最仔细、最严格的化验，在案发现场能采集到的每一滴血液样本，也都只属于死者本人。"

"为什么一定要用死者的血液做子弹啊？用纯净水不也一样可以吗？"赵超听罢，不禁问道。

"是啊，多此一举嘛，水分溶解到血液里，效果是一样的啊，干嘛这么大费周章，还要骗取死者的血样啊？"郑智康表示赞同。

"也许出题的人觉得……用死者的血液，显得更严谨一些？"肖燕猜测道。

"也许出题的人觉得……这用死者的血液，显得更诡异一些？哈哈……"赵超笑道。

"超哥说的有道理哦，用骗来的血样做子弹，可要比用现成的水做子弹听上去狠辣多了。"郑智康再次表示赞同。

"嗯，那我们姑且就当是出题的人在炫技好啦。"肖燕总结道。

"那他还炫了些什么技啊？"郑智康意犹未尽地问道。

"还有……哦，对了，还有说是一个总工程师，他去建筑工地上检查一项工程的质量，当时呢，他头上戴着的安全帽是妥妥的钢盔，结果到了第二天，有人发现这个总工程师倒在工地上，已经死了，死因是他头上的钢盔被一个小铁块垂直击穿后，头顶部位受到铁块重击，大脑出血过度导致死亡。

可是令警察疑惑不解的是，这么小的一个铁块，怎么可能击穿钢盔呢？"

"其实是因为，这个凶手是站在离开地面很高很高的地方，然后再扔下那个小铁块的，铁块沿垂直方向高速下坠，在加速度的影响下，直接击穿钢盔，致使总工程师的头顶部位受到重创。"

"是个高中物理题啊！"赵超感叹道，"那这个工程师当时所站的位置，肯定是凶手经过很多次试验后，才精确地划定下来的吧？"

"肯定的啊，而且凶手还要能够保证这个工程师当时站在那里时，完全不会移动半寸，不然的话，就打偏了呀。"郑智康感慨道，"而且，还不能刮大风。"

"我知道你们又要说'也就理论上可行'了，呵呵，其实我也这么觉得。"肖燕说道。

"你再说一个再说一个。"郑智康催促道。

"嗯……再说个奇葩的吧，说一个男人，在酒店的客房里被人杀害了，被发现的时候，只见尸体的嘴唇上涂抹了很鲜艳的红色唇膏，眉毛也画得又黑又浓，两颊上还擦了厚厚的红色脂粉。在他卧室的床上，铺放着一条长连衣裙和一款女性内衣，当时警方就认定，这个男人是个异装癖，然而事实上是什么呢？

"事实是，这个男人的女朋友想要杀死他，就把含有剧毒

131

的唇膏先涂在自己嘴唇上，然后假装去吻他，所以这个男人没有任何防备，毒药就被沾到嘴唇上了，不一会儿，他自己无意中把毒药吃进嘴里，立马就毒发身亡了。他死了以后，嘴唇上还残留着女朋友印上去的红色唇膏，擦也没办法全部擦干净，看上去很不自然。这个女朋友就担心警察会不会因为'唇膏'这个线索，很快就怀疑上自己来，于是她干脆把男朋友的整张脸全都化了妆，又故意买了女人的衣服放在他床上，制造出死者是个喜欢男扮女装的异装癖的假象，这样的话，他嘴唇上的唇膏，就不会显得那么突兀了，警方也不会那么容易就怀疑到她了。"

"'藏木于林'啊？"赵超问道。

"对，就是这个意思。"肖燕答道。

"可是……把有毒的唇膏先涂在自己嘴唇上，风险会不会太大了啊？"郑智康问道。

"所以说呀，又一个'也就理论上可行'的，呵呵。"肖燕也颇为无奈地回答道。

"那不一定，女人一旦疯狂起来，是完全不计后果的。"赵超纠正道。

"啊哟，你又一副懂得很多的样子嘛。"肖燕笑道。

"那没有那没有，就是……心理学畅销书上不都这么写的嘛，哈哈。"

"不过你们发现没有，'藏木于林'这个方法，好像被运用得很广泛啊，以前教科书上不是有个很出名的案例嘛，就是说一个女人利用了一个 ABC 杀人犯的连续作案，为自己的谋杀行动打了掩护，记得吧？"郑智康问道。

"哪个连续作案？"赵超一时有点想不起来。

"啊呀就是那个呀，说一个'无差别的系列连环杀人案'的杀人犯，他按照受害者姓氏的第一个字母进行顺位排列，先后杀死了姓氏首字母为 A 和为 B 的两个人，死者都是无辜受害者，和他本人没有任何社会关系交集的，结果在他刚刚杀死受害者 B 后，有一个女人立即杀害了自己的仇人，因为那个仇人的姓氏首字母是 C，所以第三起杀人案就被警方误以为也是那个无差别杀人犯干的。完全不同于传统的'ABC 杀人案'，这三个案子其实是两个毫不相干的杀人犯拼凑起来完成的，其中那个女犯人，不就是用了典型的'藏木于林'之计吗？"

"哦记得记得，你这么一说我想起来了。后来那个连环杀人犯接受了那个女犯人的'致敬'，在她杀死仇人 C 后，他又连续杀害了姓氏首字母为 D、E、F、G 的四个人，等于呼应了她的'致敬'，自愿为她打了掩护。"赵超接着郑智康的话题继续说道。

"对对对，据说这个案子在当时很轰动的，想想两个杀人犯之间的那种遥相呼应，啧啧……真是超变态。"郑智康唱叹道。

"不过说来也奇怪啊，既然这个连环杀手已经自愿为'致敬者'打掩护了，那案件的真实情况后来是怎么被公之于众的呢？"赵超问道。

"我听我们系主任说，在那个女凶手去世以后，她女儿翻看了她留下的日记本，才了解到了事情的真相，后来女儿晚年写回忆录的时候，提到了这件事。"肖燕悠悠地回忆着说道。

"原来如此啊……"郑智康恍然大悟道。

"哦对了，说起变态事件，这本书里也有一个变态的，我忘了给你们讲了，是个分尸案。"

"分尸啊？？"郑智康兴奋地瞪大了眼睛。

"是不是又是很诡异的那种啊？……来来来，快说来听听！"赵超催促道。

"诡异倒还好，就是有点意想不到。说是有个男人去警察局报案，说自己有一个朋友，不知为什么一直都联系不上他，到他家里敲门，也没人应答。男人还说，他这个朋友是个孤儿，没有家人的，和远房一些亲戚也早就断了联系了，他自己是他几乎唯一的一个好朋友，因为很不放心他，所以只好来向警察求助。

"警察闻讯后，就赶到他那个朋友家里，刚撬开门锁，立马就闻到一股恶臭。进门后发现，他这个朋友已经成了一具尸体了，子弹是从他后脑勺射入的，所以显然是被谋杀的。但让警察疑惑不解的是，尸体的手脚各个关节处，全部被砍断了，也就是说，受害者被分尸了。可为什么凶手已经把这个人枪杀了，还要去砍断他的关节进行分尸呢？呵呵，你们想得到为什么吗？"

"一般来讲，分尸不外乎三种原因，要么是为了搬运方便，要么是凶手出于对死者的性幻想，要么就是凶手出于对死者憎恨。"赵超接着分析道，"如果是第一种，那很好理解了；如果是第二种，那凶手一般会切下死者性器官随身带走，或者悬挂到高处，来完成心理上的某种仪式；如果是第三种的话嘛……"

"如果是第三种的话，尸体上一般会伴有严重的损坏，比如鞭打、踩躏的痕迹等等，凶手会以此来发泄心中的怨恨。"郑智康接着继续说道。

"正确，非常正确，但有意思的是什么你们知道吗？在这个案子里，三种常见的分尸原因，完全都没和它沾上边。

"事实情况是这样的，这两个男人之所以会成为朋友，是因为他们都是汽车发烧友，两人在网络上的车友群里聊得很投缘，报案的那个男子是在4S店工作的，于是经常在下班之后，两人会偷偷开着店里的高端车出去兜风，而且这桩谋杀案，也是在车里发生的，当时报案的男人坐在车后座，被害人坐在驾驶座上，所以死者被突然枪杀的时候，双手还握着方向盘，整个身体的姿势呈现出明显的驾驶车辆状态。

"说起来也是不巧，受害人刚刚被杀死，凶手的手机就响了，他老婆在电话里告诉他，女儿摔了一跤，伤得很重，叫他马上去医院。

"凶手当时非常担心自己的女儿，就把死者和车都撂在了原地，自己急急忙忙赶去了医院，等他把女儿的事都安排妥当，再折回来打算处理尸体的时候，却发现尸体已经僵硬了，也就是说，死者一直保持着开车这个姿势，已经牢牢固定住了。由于这个凶手缺乏医学常识，他不知道人死以后，经过一段时间的尸僵，尸体是会再度变软的，所以，他很担心警察看到死者的这个姿势，会怀疑他被杀时正在开车，进而通过社会关系网的调查，直接怀疑到他头上来，所以他只好把尸体的各个关节全部切开，这样的话，死者开车的姿势就被破坏掉了，就完全看不出来了。"

"哇……果然变态，而且无知。"赵超说着，回过头去看着郑智康，"小康康，我考考你，知道尸僵什么时候会出现，什么时候会消失吗？"

"当然知道啊！尸僵是从死后两个小时左右开始出现，大概十二个小时左右，会遍及全身，然后大约四十八到六十小时后，开始自动缓解，七十二至九十小时后，完全消失。"

"不错不错，小康康理论基础还是蛮扎实的。"肖燕表扬道，"话说读完这个案例哦，我对分尸的动机又有了开拓性的认知了。"

"深有同感。"赵超回应道，心中颇有感叹的样子。

"嗯，这个好，下次就拿这个去考考丁帅，我估计他未必能想得到……太好了！……"郑智康乐得窃笑了好一会儿。

"不过我跟你说哦，越是聪明的人吧，他心眼儿就越小，你要是真的把他给问倒了，让他出了洋相，他会不会就此恼羞成怒，今后再也不搭理咱们了啊？"肖燕问道。

"放心啦，小师姐，我会注意分寸的啦，丁帅可是我小说创作源头的'点子库'哦，我就算是要拿他开开心，也会非常'谨言慎行'的啦……"

"话说你那个探案小说，还在继续写啊？"赵超问道。

"是啊，就是比起当初那会儿，更新得慢了些。"

"我看你复职以后工作也挺忙的，竟然还有这精力？"

"啊呀……写上瘾了嘛，我打算将来出版一本短篇小说集，名字就叫……《郑智康探案奇思异想录》，你们觉得怎么样？"

"可以可以，厉害了。"赵超说道。

"嗯，等小康康的这本书出版了，我们要动员所有人都去买，让出版社年年加印，如何啊？"肖燕带着长辈般自豪的语气问道。

"好！就这么定了啊，先谢谢小师姐！"郑智康一副笑靥如花、信心满满的样子，"那你赶紧再给我们讲个变态的吧，变态且意料之外的那种，就是要能问倒丁帅、让他出出洋相的那种，嘻嘻……"

"……变态的好像没有了哦……不过有两个很奇葩的，要听吗？或者给你们讲讲偏向于揭示人性类的？你们想听哪种？"

"我都要听的！"郑智康抢着回答道。

"你就一个一个慢慢道来嘛，你看我们这长路迢迢的，都足够你讲《一千零一夜》的故事了。"赵超调侃道。

"行，那先给你们说两个飘忽的，是真的很有想象力的哦，而且逻辑上也完全没问题。"

"飘忽？？"两人齐声问道。

"啊呀就是奇葩！很奇葩！奇葩到我看了以后，感觉自己的脑子在飘忽……懂了吧？！好，先说第一个。

"说是一个店铺的女老板，被人杀死在店铺二楼的阁楼间里，这个阁楼间本来应该是密闭的，但因为装修的时候工艺做得比较粗糙，所以闭合处漏出了一条很窄的缝隙，从店铺的一楼往上看，可以通过那条窄缝看到阁楼间的里面，但视野极其狭窄。

"那天呢，一楼店铺里有两名顾客，他们都声称案发当时，他们曾无意间抬头，通过那条窄缝看到阁楼间里有人在走动，而且他们都还记得那个人的衣服的颜色，其中一个证人说，他看到的那个人穿的是黑色衣服，但另一个证人却说，他看到的那个人，穿的是白色衣服，这两名证人对自己的亲眼所见都非常确定，但说出的线索内容却是截然相反的，请问，这是怎么回事？"

"这两个顾客，和女老板认识吗？"赵超问道。

"不认识，他们都是第一次来店铺买东西的新客人，而且经过调查，也确定他们之间没有社会关系的交集。"肖燕说道，"干嘛？你是怀疑其中一个人说出了凶手衣服的真实颜色，另一个人赶紧说个相反的颜色，以此来扰乱警方的判断，从而保护凶手？"

"呵呵，被你猜到了哈。"赵超不好意思地笑道。

"那凶手到底是穿的黑色衣服还是白色衣服啊？"郑智康有点摸不着头脑。

"呵呵，其实这两个证人说得都没有错，凶手当时穿的是黑白相间的条纹上衣，但是因为阁楼间那条缝隙的所限视野实在是太窄小了，所以就在那 0.1 秒的间歇里，前一个人抬头看到的是黑色，而后一个人抬头看到的，却是白色。"

"不是吧……"郑智康的语气里满是不可思议的音调，"那要是凶手穿的是三个颜色相间的条纹上衣，那……也就有可能会出现三个信誓旦旦的目击者，分别说出三个完全不同的衣服颜色？"

"是，理论上说，是这样的。"肖燕听着郑智康表述出来的拓展性思维，有些哭笑不得。

"果然很有想象力，而且逻辑上确实也没问题。"赵超不住地点着头，不得不承认此番解答的精妙。

"那当然了，好了，我再说另一个，保证你们会觉得更加不可思议。

"说是一个中学生在教室里打瞌睡，正当他在浅度睡眠里徜徉的时候，听见不远处的另外两个教室里，分别有两个人在对话。"

"两个教室分别有两个人在对话？什么意思？"赵超不解地问道。

"就是比如说，在一号教室里，A 和 B 在对话；在二号教室里，C 和 D 在对话。"

"哦哦，懂了懂了。"

"这个中学生在昏昏欲睡的过程当中，听到他们的谈话内容竟然是关于要去杀死他的一个同班同学，所以他睡醒以后，越想越不放心，最后还是决定报告了班主任老师，但老师经过了一番调查后，却发现根本就没有这回事，以为他只是睡着以后做梦梦见的，可这个中学生坚持说自己当时并没有睡熟，而且确实听到了那段对话。结果你们知道事实情况是怎样的吗？

"是他把两段同时进行的对话语句，交互串联到了一起，形成了一段其实并不存在的对话内容，但这段对话，却也是他真实听到的。"

"小师姐，你这说的是什么意思啊？我没听懂啊……"郑智康困惑地问道。

"这样，我给你举个例子，你就理解了。

"比如，在一号教室里，A 和 B 的对话是这样的：

"'这次期末考试，我们班语文分数谁最高？'

"'张婷婷，人家可努力了。'

"'谁？'

"'张婷婷！'

"'我下决心了。'

"'你要干嘛啊？'

"'明年，明年必须赶超她。'

"在二号教室里，C 和 D 的对话是这样的：

"'你别难过了，他肯定也是觉得你们俩价值观不太一致，才提出分手的。'

"'我恨他。'

"'别纠结啦，以后再找一个更帅的。'

"'不行，我受不了！我要杀了他！'

"'那你快去杀呀，干脆杀了，一了百了。'

"'唉，算了，我也就发泄一下而已。'

"好了，这个陷入似睡非睡状态的中学生，他听到的对话，却是这样的：

"'我恨他。'

"'谁？'

"'张婷婷！'

"'别纠结啦。'

"'不行，我受不了！我要杀了他！'

"'那你快去杀呀，干脆杀了，一了百了。'

"'下决心了。'

"'你要干嘛啊？'"

"啊……这样也可以啊？？"郑智康已经听得张口结舌，无从辩驳了。

"这倒真的是……闻所未闻。"赵超刚才还在不住地点头，现在又开始因为匪夷所思而不住地摇起头来。

"怎么样，大开眼界了吧？而且逻辑上也确实是站得住脚的。"肖燕也忍不住叹道，"这就叫山外有山，楼外有楼啊。"

两个"奇葩的"讲完了，三人在车里嗟叹了良久。

"那什么……你不是还有什么'偏人性类'的吗？"赵超首先发问道。

"是有呀，有邪恶的，也有伤感的。"

"那先讲个邪恶的吧。"赵超提议道。

"嘻嘻，今天真过瘾！"郑智康开心得像个孩子。

"好吧，就是说有一个男人，他想杀死一个和他在生意合作上有分歧的合伙人，于是呢，这个男人就跟那个合伙人说，好奇怪啊，我昨天晚上睡觉时，做梦梦见你啦。合伙人听了就觉得很好奇，问他，那你都梦到些什么啊？男人说，我梦到我们俩一起出去办事，途中路过郊县里的一个废弃的水库，我们走着走着，发现那里有一个地下通道，里边的路面又潮湿又昏暗，我们俩觉得很好奇，就打算进去看看，当时，你在前面走，我跟在你后面，我们一边走一边还在聊着天，后来走了一段路以后，我们就上了一座窄桥，走上窄桥后，我们继续往前走，结果突然，你一个跟跄，就摔下去了，我这才发现，窄桥的前端根本没有路，只有一个很深的悬崖。我当时又着急又伤心，站在那里不停地大声喊你的名字，喊着喊着就醒过来了。

"说完以后，那个男人连呼可怕，不过合伙人倒是不以为然，还笑着安慰他说，这只是个噩梦而已嘛，可能是你晚上睡得太热了，叫他不用那么紧张。

"之后的日子，两人照旧忙工作，谁也没再提起那个梦，好像早就已经把它忘了。

"结果大概过了好几个月，有一天，那个合伙人出门去拜访客户，他一个人开着车行驶在郊外，突然发现自己正路过一个废弃的水库，他就想起几个月前那个男人跟他说起过的梦境来，出于好奇，他停下车，走过去看了看，啊呀，他真的发现里面有个地下通道，黑漆漆的，泛着一股潮湿的霉味，他当时就很吃惊，心想该不会真的存在一个和那个男人的梦境里出现过的一模一样的地方吧？

"按理说呢，这种警觉应该提醒他马上离开这个危险地带才对，但人性是很奇特的，他越感到警觉，就越兴奋，就越会生出猎奇的心理来，结果他冒着险走了进去，没走几步，看到前面真的出现了一座窄桥，这大大地刺激到了他的兴奋点，他心想，这座桥的前端，不会真的有一个悬崖吧？他决定再危险也要走过去看个究竟，于是他小心翼翼地往前走着，仔细地看着前方的道路，却没想到踩在脚下的一块木板突然松动了，他一心只顾看着前方，根本没来得及注意脚下的状况，结果'啪'地一下，木板被踩断了，他从窄桥上跌落下去，活活摔死了。

"其实是那个诉说梦境的男人早就知道这个合伙人过段时间会路过那个地方，所以他提前去了窄桥上，弄松了木板，设下这个陷阱后，他再编出梦境，假装在无意中向这个合伙人提起，其实就是在潜意识里引导那个合伙人自己走进陷阱，最终成功让他'意外'坠桥身亡。"

"典型的'或然率'犯罪啊。"赵超说道。

"是的，当今法律的一大漏洞。"肖燕说道，"即便警察知道是这个男人故意引导的，也没办法定他的罪，非常狡猾。"

"对哦，即便这次合伙人开车时根本没发现这个水库，或者他发现了，但是并没有特意走过去看，那也会有下一次、再下一次、再再下一次的算计，反正终归有一次，他难免会中计，让凶手得逞的。"郑智康说着，心里掠过一阵寒凉。

"唉，这个有点太邪恶了，要不要给你们讲个浪漫的？关于爱情的那种。"

144

"好难得啊，毕竟我们已经变态奇葩飘忽了一路了。"郑智康笑道。

"哼哼，越浪漫结果越惨。"赵超扭过头，朝郑智康努了努嘴。

"你说得对，情深不寿嘛，自古皆然。"肖燕清了清嗓子，接着说道，"说是一个知名影视编剧的女朋友被谋杀了，案件一直悬而未决，直到过了二十年，这个编剧获得了文艺界的'终身成就奖'后，他主动投案自首，承认当年他的女朋友是被自己杀害的，但是当警察问到他作案动机的时候，他却一直缄默不语，哭得泪流满面，让人感到很困惑。

"好，说回当年的情况，那时候呢，他是悬疑电影和电视剧的知名编剧，凡是他写的剧本，被导演影视化以后，每部都有极好的口碑和很高的人气，电视剧屡次破了收视率新高，电影也是频频斩获国际、国内的大奖。

"后来，他遇到了那个女朋友，她是那种很难得的、有着极致美貌和纯真个性的女人，这个编剧被她深深地吸引住了，不久，两人就坠入了爱河，并向大众公开了恋爱关系。

"话说这个编剧在恋爱以后，他就感到自己的整个身心每时每刻都被他的女朋友所牵动着，他为她写下了一部又一部'琼瑶式'的唯美爱情故事的剧本，并要求导演让这个女朋友担当剧中的主演。

"久而久之，这个编剧的作品风格，就从以往的那种悬疑故事的阴狠吊诡，逐渐往纯爱恋情的方向改变了。可毕竟这个编剧对情爱类故事的创作并不擅长，所以后续写的那几个电影剧本在上映以后，观众的反馈并不理想，票房一部比一部下滑，最后，连长期跟他合作的几位导演也都来提醒他，告诉他再这样下去，你以前赢得的声誉就要化为泡影了。

"这时候，他自己也意识到了问题的严重性，一切都是因为自己实在太迷恋这个女朋友了，爱到连理智都已深陷其中、无法自拔的地步了，但如果再照这样下去，把自己每一次的创作都送给她作为献礼，那么自己的前途也就真的要走到尽头了。一开始，他考虑跟女朋友分手，但是自己心中强烈的爱意使他没有办法做到安然地承受这种分离，怎么办呢？最终只有一个办法，就是杀了她。

"编剧杀死了那个女朋友以后，两人之间无比紧密的关联也就被强行切断了，他经过了极致悲痛的一段疗愈期后，终于渐渐走出了对这份情感的依恋。之后，他的作品风格又回归到了当年的凶猛和诡谲，不仅如此，还因为自己经历过了那段至深的爱恋与最惨烈、最决绝的分离，所以在他的后期作品里，原本单一的狠辣中更注入了一种因为用情至深所产生的悲悯感，以及由于深层的自私而不惜犯罪之后所生发出的精神上的情感冲击，这些崭新的元素，使得他的新作品较之以往更加凸显出了戏剧的完整度与张弛力，因此，在他经历过这次情爱的蜕变后，几部新作品所获得的赞誉像潮水一样涌来，他的事业也再一次实现了登顶，而且这种澎湃的创作激情，一直维持了很多年，直到他拿到了至高的'终身成就奖'，才宣布隐退。隐退以后，他觉得自己的人生已经可以圆满收官了，所以就主动到警局去自首了。"

"我靠，这算什么爱情啊？？"郑智康大呼不解地问道。

"纯粹是假借'爱的名义'，满足自己的私欲。"赵超回答道。

"我们小时候不是经常听到这种事嘛，一个小朋友因为养了只小猫而影响了学习，考试成绩退步了，结果父母把小猫送人以后，小朋友专心学习了，成绩又进步了。"郑智康说道。

"这个编剧的秉性还不如一个普通小朋友呢，非要眼睁睁地看着小猫死掉，否则就没法把心思放回到学习上来。"赵超接着说道。

"所以我在想，生活中那些让我们叹为观止的艺术作品，它们的存在，究竟是以什么为代价的？它们的存在，是否背负着我们难以想象的血泪与伤痛？"肖燕的言辞变得激烈起来，语气里充斥着哀恸。

"小师姐，你别太伤感了，这毕竟只是道推理题嘛，我们生活中的那些人与人之间的缘分，大部分也都是好聚好散的，极端的例子毕竟是少数嘛。"郑智康满含劝慰地说道。

"就是就是，小康康说得对啊，来来来，咱不难过了啊。"赵超平时很少见到肖燕黯然神伤的样子，心中不免泛起一阵惊愕，"咱不讨论这么沉重的话题了哦，快快快，给我们重新讲个别的。"

"……哦，那就再给你们讲个别的。"过了半晌，肖燕终于答了一句，看得出来，她正努力要求自己从这突如其来的情绪中超拔出来。

"说是一个技艺顶尖的雕塑家，他向警局报案，说他自己经过精心构思后创作完成的参赛作品，遭到了蓄意破坏——他存放在工作室里的雕塑作品被砸得粉碎，已经不可能修复了，然而距离参赛只剩两天的时间了，也就是说，这场意外，导致他只能被迫放弃参加此次比赛了。

"这个雕塑家在业界的知名度非常高，也是这次比赛中拿下冠军几率最大的参赛者，他在媒体采访中表示了对错失夺冠机会的深切惋惜和对那位不知名的竞争者将自己的作品恶意损毁的极度愤慨，所有文艺界的相关人士以及他的粉丝都为他感到忿忿不平。然而——事实却并非如此。

"雕塑是他自己故意砸碎的，因为他根本没有信心能在这次比赛中获奖。

"如果他参赛之后又败下阵来的话，他无法面对自己的失败。

"他捏造出一个恶意竞争者，只是为了留住自己曾经拥有的那些所谓的种种……

"他选择了逃避。"

紧跟在他们后面的一长串车辆，各种音频的喇叭声"哔哩吧啦"吵嚷个不停，赵超的右脚机械地踩下油门，恍惚中，他想起那天郑智康问他为什么要转文职岗，他说在一线打拼危险性太大，老婆在家天天都不放心。

　　他的回答是那么流畅自如，没有人听得出他用了半秒钟时间打了腹稿。

　　郑智康丢了配枪、被迫离职的那会儿，所有人都为他娶了一个能赚大钱、能在经济上帮他兜底的好老婆而感到庆幸不已。

　　而那种滋味，那种藏在他心底的、无比苦涩而酸楚的滋味，是他一直以来无论如何都不愿再度想起的。

　　肖燕常常被领导们表扬，他们称赞她是一位在工作中零失误率、零差错的优秀警员。这是她最最喜欢听到的话，也是她最最害怕听到的话。

　　那一丝一缕无处安放的心虚，她无法忽略，也从不曾忘记。还是欠历练啊——她在心里这样敲打着自己。

减　肥　计

这是什么地方？怎么像个精神病院一样……你是谁啊？带我来这儿干什么？！

我不就是晕倒了嘛，至于么。

早上走得太急了，没吃早饭。

我有低血糖呀，怎么？不允许学生有低血糖？还是不允许低血糖的学生晕倒？

拜托……我吃多吃少也要你管？

因为我在减肥！

为什么要减肥？？大姐姐，我才十七岁，十七岁啊！有哪个十七岁的女孩子胖成像我这样子的啊？？

不好意思，"你根本就不胖呀"这句话，我已经听过太多遍了。

我姑姑。她就天天都这么跟我说的。要不是看在她从小把我带大的份儿上，可真想和她断绝关系！

我爸妈不在这儿，到深圳赚钱去了。

我上小学的时候他们就不管我了，只有过春节回来几天，元宵节后又走了喽。

做生意喽，说多赚点钱，把我送出去读大学。

卖衣服吧……进出口服装生意，具体的我也不知道，你那么想知道，去问我姑姑好了。

她是我爸的姐姐，公安局里的女头头，破案子很牛逼的，你去打听打听就知道了，叫肖燕。

生肖的肖，燕子的燕。

是啊，名字么，简单点好。不像我妈，明明自己没文化，还非要给我起个这么"琼瑶"的名字，恶心死了，搞得我一直被嘲笑。

班里的同学啊，还能有谁。

啊呀，反正就是嘲笑的话呗！嘲笑你不懂啊？！

他们看我的眼神很奇怪，像看个怪物一样，可能是从来没见过像我这么胖的女生吧……

说，"啊呀肖依依，你爸妈可真不该给你起这么个名字，听上去就有一种弱不禁风的感觉……"呵呵，弱不禁风，好像讽刺我是一件多么开心的事情一样。

以前我姑姑对我挺好的，我小时候，衣服、玩具和书都是她给我买的。不过现在我很讨厌她。

因为她一天到晚叫我吃吃吃，一天到晚说——其实你根本就不胖呀！

她没结婚，一个人过。

工作太忙了吧，也可能是她自己要求太高了？呵呵，反正不是因为要一门心思照顾我。

可是她动不动就叫我吃东西你知道吗？！我都已经胖成这个样子了，她还成天买各种好吃的东西回来，故意馋我，变着法子让我吃下去，你说她这是什么居心啊？是不是老处女都是这么变态的啊？

当年我爸我妈结婚的时候，她就看不起我妈，说我妈是个有脸蛋没头脑的货色。估计是妒忌我妈比她长得好看吧。现在好了，我妈在深圳，不在她眼皮子底下晃荡了，我成年了，又一个比她长得好看的，就开始针对我，最好我越来越胖，永远都胖，她心里就好过了！

什么？？

什么神经性厌食症？没听说过。

拜托啊……我才一米六七啊，体重已经超过三十五公斤了，不减肥，我以后怎么办？？永远因为自己是个女胖子而被人家指指点点吗？！有哪个男人会喜欢胖得跟猪一样的女人？难道你让我跟肖燕一样做个老处女？

什么治疗？？

我不接受！我不需要！

你这是胁迫！胁迫未成年人是犯法的你懂不懂！

怎么？减肥也犯法啊？！我要打电话给肖……给我姑姑！让我姑姑把你铐起来！！

把手机还给我！还给我！！……

深夜她打来电话

（一）

李广平已经记不清了，这是他当刑警以来经手的第几桩情杀案。他更没有想到，这桩案子对于他自己而言，意味着一种怎样的不同。

昨天夜里，梅阳花苑住宅小区的地下停车库里，两名青年男子发生激烈争执，继而引起斗殴，根据监控画面显示，其中一名男子举起刀具砍向另一名男子，致使被砍男子颈动脉破裂，当场死亡。凶手在逃逸过程中，因车速过快，雨后路面湿滑，导致其驾驶时偏离正常路线，撞毁路边隔离栏后，车辆失控，坠入河中，被打捞上来后，因溺水而陷入深度昏迷，被紧急送往医院 ICU，一小时后，宣布抢救无效。

李广平对该案件进行了一系列调查，从两名男子共同的几位好友口述中得知，此次事件的起因，很可能与一个名叫林青青的女子有关，就这样，在那个平常的午后，李广平敲开了林青青家的门。

"林青青是吗？"

"是，是我。"林青青抬起头看着李广平，双眸如深海，低垂的发梢晃了一下。

只是觉得她和证件照上的样子不大一样，更瘦，更白，眼睛更大，更……

李广平被自己心中所产生的突如其来的悸动惊到了。

"刑警大队李广平。昨天和你约好的，有个案子，来向你了解一些情况。"李广平一边出示工作证件，一边说道。

"我记得，请进吧李警官。"林青青侧了一下身子，示意李广平进屋，白色长裙的丝质花边甩到了他的手背上，"随便坐。"

李广平在林青青的对面落了座，提问的时候，他要求自己直视她。

"林小姐，谢庭浩和陈宇飞，都是你的朋友吧？"

"算是吧。"

"算是？……"

"哦，我们三个人是在台球俱乐部认识的，对打桌球都比较痴迷，所以平时交流也多一些。"

"你们之间，仅仅只是那种有着共同爱好的朋友关系？"

"一开始是这样的，后来……陈宇飞开始追求我。"

"那你的态度呢？"

"我觉得他看上去挺真诚的，就接受了。"

"明白了。先说说谢庭浩吧，想到什么，就说什么。"

"好。我和宇飞刚刚在一起的时候，庭浩并不知道，过了

154

一段时间后他好像才看出来。他是那种性格有点木讷的人，挺内向的，就是话不多但脾气倔的那种人。"

"嗯。"

"后来，我没想到庭浩会对我表白得那么直接，我挺意外的。"

"他当时是怎么跟你说的？还记得吗？"

"记得。他说，他希望我能做他的女朋友，以后做他的老婆。他说他喜欢我已经很长时间了，说我就是他生命中一直要等的那个人。"

"那……那你怎么回答的？"

李广平觉得自己好像分心了，他很努力地与这种不专注抗衡着，既要全神贯注去了解事件的原委，又要抵御心中泛起的奇妙滋味，他以前，可从来都没有体会过这样的感受。

"我说……谢谢你对我说这些，也谢谢你对我的情意，只是已经太晚了，我已经和宇飞在一起了，我现在是他的女朋友，你知道的。"

"后来呢？"

"后来他就直接说了一句，没关系，不晚的，我可以把你抢过来。他说的时候语气很平静，有些过分平静了，现在回想起来，感觉真是……不寒而栗——这样形容应该比较贴切吧。"

林青青变换了一下坐姿，她侧过脸去望着墙面上的空白，目光中饱含着一种难以描述的东西，像是在逃避什么，李广平看着她精致的、微微上扬的鼻尖，过了好几秒钟，才回过神来。

"明白了。那我们再来聊聊陈宇飞吧，他是个什么样的人？"

"宇飞……他很强势，霸气、张扬，和他打球的风格如出一辙，他平时喜欢在朋友当中称老大，他长得很英俊，据说以前有过很多女朋友，呵呵，不过我倒不是很在意这些。"

"听了你刚才说的，我感觉好像这两个人的性格特征恰好相反，你觉得呢？"

"也可以这么说吧，宇飞是强在表面，庭浩他这个人吧……是凶在内里。哦，李警官，可能我这么表达不太恰当，您别在意……"

"没事没事，很恰当，接着说说。"

"我感觉庭浩是那种很执拗的人，就是做事情有点'一根筋'。他平时很内敛，很少主动跟别人搭话。我们一起去K歌的时候，他就一个人坐在角落里喝酒，可是呢，他酒量又不怎么好，喝不了几杯就醉了，喝醉后，话就特别多，好像要把自己平时闷在心里的想法都表露出来才痛快似的，他还喜欢发脾气，摔东西，每次到了最后，都是被一帮朋友架着回去的。"

"嗯，了解了。你刚才提到，他跟你说要把你抢过来，你当时是怎么回答他的？"

"我就说，我们还是做好朋友吧。可是他不答应啊。"

"不答应？"

"对，他很恼火，问我陈宇飞到底哪里比他好，我说宇飞对我表白的时候，是非常真诚的，而且，宇飞的性格，也是我喜欢的那种。他就问我，难道你一点也没看出来我喜欢你很久了吗？明明就是我先喜欢你的，难道你对我就连一点好感都没有吗？我说，我觉得你是一个很好的人，一个很好的朋友，但是，并不像宇飞那样适合做我的男朋友。他就追问我，哪里让你觉得不适合了？我就说……"

"你说了什么？"

"我就说……阴郁，还偏执，喝了酒以后，还狂躁……"

"后来呢？"

"后来他什么也没说，脸色很难看，哦，就摔门出去的时候，气呼呼地嘟哝了句难听话……"

"什么难听话？"

"这……"

"你不要有顾虑，有什么就说什么，你这是在为警方提供线索，懂吗？"

"我懂，李警官。"林青青抬起手背，揉了揉眼睛，"他……他就嘟哝了一句……具体的话我也记不清了，总之大概意思就是……就是说陈宇飞，他根本就不是个男人，

157

他……他就是一个阳痿，一个废物……"

"你……你告诉我，你作为陈宇飞的女友，谢庭浩的话，属实吗？"

李广平突然意识到自己的唐突，为什么如此发问？自己那醋意横生的心里，到底在想些什么？

强忍着忐忑与尴尬，以确保自己说话的语气听上去一切如常，而这仿佛已用尽自己毕生的全部耐力。

"嗯……稍微有一点……其实也还好……差不多吧……"林青青低着头，脸颊泛着微红，如熟透的蜜桃。

"好的，大致情况我已经了解了，谢谢你的配合，今天给你添堵了，实在不好意思。"

"李警官，我真的不知道会出那样的事！我没想到谢庭浩会做出这么极端的事情来！……如果早知道会这样，我绝不会说出激怒他的话来的，是我害了宇飞……我真的很后悔，真的很后悔……"

李广平不知道该怎样安慰眼前这个女人，他站起身，轻轻地、礼节性地拍着林青青的后背，林青青颀长羸弱的身体几乎埋进他的怀抱之中，一股温热在他掌际与胸前绵延穿梭。

情杀。

因嫉恨而生的情杀。

随着案情的梳理宣告完毕，鉴于凶手与被害者均已身亡，

158

本案的收尾也不过只是一项例行工作而已。两个月过去了，生活里依旧充斥着永无休止的工作的匆忙，李广平心中曾泛起的波澜，仿佛如落日沉入江河。直到那天深夜，一阵急促的手机铃声把他从沉睡中唤醒。

"李警官，我要自首。"

那注定是一个漫长的不眠之夜。

（二）

"林青青这个名字是后来起的，我原名叫许慧。五岁那年，我爸妈出了车祸，没抢救过来。因为他们两人都没有兄弟姐妹，所以居委会里的人就把我送进了一家福利院。福利院的老院长对我很好，那里有许多小朋友，不过大部分都比我年纪大，只有两三个和我差不多年龄的，其中有一个女孩子和我最要好，老院长说，她看了我们俩的出生证明，说我们不仅是同年同月同日出生的，连出生的时间都只差了一分钟，能在这个地方遇到，真是缘分。

"她叫李晓月，长得和我差不多高，但她的五官要比我漂亮得多，大眼睛，双眼皮，看上去很甜，她爸爸妈妈是飞机失事走的。那时候，我们白天经常在游戏室里玩，年龄大一点的小朋友老是会过来抢我手里的玩具，我胆子小，玩具被抢走了也不敢自己去抢回来，更不敢去告诉老师，晓月就比我凶多了，人家抢我东西，她就去揪人家小辫子，逼她们把东西还给我。有一次，一个女孩子很蛮横，硬是不肯还给我，晓月就拉着她的麻花辫子不放手，结果把人家的头发都拉下来一大把，疼得她哇哇大哭。

"那时候，晓月跟我说，她比我早一分钟出生，假如我们俩是双胞胎的话，那她就是姐姐，我就是妹妹，做姐姐的就应该好好保护妹妹。

"后来，有人来领养小孩了。我记得那一天，来了两户人家，一户人家是一对中年夫妻，还有一户……是个中年妇女，她的两个好朋友陪她一起来的，后来才知道，这个女的没结过婚，也不打算结婚，就想领个小孩子回去养。

"他们两户人家都跟老院长说，想要领个女孩子，我和晓月是当时福利院里年纪最小的两个小姑娘了，所以他们都跑过来看我们，跟我们说话。结果，那对中年夫妻选中了晓月，说她很好看，很讨人喜欢，但那个中年妇女却更喜欢我，说我额头长得高，肯定是个聪明的孩子，她说聪明的孩子长大了能有出息。

"就这样，我和晓月各自有了新的家。她的新名字叫江七月，跟了她新爸爸的姓，起名"七月"是因为她……也就是我们俩出生的日子是在七月份，而且'七月'跟她本来的名字也比较像。我那个新妈妈姓林，叫林玲，她给我改名叫'青青'，她说我跟她回到家里的第一天，就特别喜欢后花园那片青绿色的大草地，而且她说名字用叠字，听上去更有大户人家小姐的气质。呵呵，我当时哪懂什么叫大户人家，只晓得新妈妈的家里有很多很多钱，长大以后才知道，她家里上数三代都是做房地产生意的，也算是家大业大。她是家里的独女，年轻时在法国留学，经历过一段情伤，回国后就坚决奉行独身主义，不考虑结婚的事了。现在想起来，妈妈她挺不容易的。

"当年办理领养手续的那天，福利院的老院长跟我们两户人家的家长们说，我和晓月两个人感情特别好，总是形影不离的，就跟亲姐妹一样，她提了个建议，说以后两家人家相互间多走动走动吧，毕竟两个孩子有这么深的缘分。

"晓月的爸爸妈妈和我妈听了都很赞同，他们各自把我们接回去后，一般每过两个星期，都会让我和晓月见面一起过上一个周末，有时我妈会把晓月接来我家，有时晓月的爸妈会把我接到他们家，也有时候，两家人会一起出去郊游。

"我和晓月在同一所小学念书，不过不在同一个班里，她读的是普通班，我读的是国际班，所以有好多英文歌曲她都没学过，都是我学会了以后，等到周末再教她唱。我们俩在一起的时候，仍旧保留着原来的习惯，叫着对方被领养前的名字，我叫她'晓月'，她叫我'慧慧'，双方家长倒也不是很介意，他们都觉得，反正等我们长大以后总要了解自己的身世的，所以也没什么大不了的。

"等到念初一的时候，我妈把我送去了旧金山读书，好在

161

美国的学校假期很多，所以逢上放假，我就会坐飞机回来看晓月，平时就算我在国外的时候，我们两人也几乎每天都会在手机上语音聊天，所以一直以来，我们的感情都和小时候一样好，跟亲姐妹没区别。我妈还说，等初中毕业后，假如我愿意留在美国，就把晓月也送过去，让我们俩在那边一起读高中、考大学。

"但是后来……发生了一件做梦也想不到的事。

"有一次我回到国内，一下飞机，就拨打了晓月的手机，可怎么也打不通，说好她来机场接我的，可我一路走出机场都没见到她。那一刻，我心里突然生出了不好的预兆，于是一上出租车，我就立马拨通了晓月家的座机，是她妈妈接的电话，她听到我的声音，在电话那头哭得说不出话来，过了很久，说了四个字——晓月没了。我当时胸口一紧，只感觉握着手机的手在不停地发抖，我忍耐着，强装镇定，让出租车司机掉头，直奔晓月家。

"半年多没见，她妈妈竟然已经憔悴得不成人样了，她告诉我说，两个小流氓抓住了，一个是晓月的同班同学，叫谢庭浩，另一个高她一届，是谢庭浩的好兄弟，叫陈宇飞。这两个人在警局里也坦白了，说是谢庭浩暗恋江七月，表白的时候被七月直接拒绝了，谢庭浩纠缠她，七月就骂他流氓，他恼火了，和自己的好兄弟提了这事，结果陈宇飞跟他说，这种女的，就是自以为是，教训教训她，就乖了。于是两人在放学路上拦下了七月，把她拖到一栋废弃的旧楼里。一开始，谢庭浩胆子还比较小，只是扇了七月几巴掌，陈宇飞见哥们儿不给力，就点燃一根香烟，烫在了七月的脖子、手臂和小腿上，然后问她，知不知道错了？以后听不听话？七月啐了他一口，骂他变态，陈宇飞可能是觉得七月让自己在小兄弟面前丢脸了，就恼羞成怒，他撕扯掉七月的衣裤，据谢庭浩说，陈宇飞把七月按在水泥地上，当着谢庭浩的面准备强奸她。在这个过程中，七月拼命挣扎和呼救，谢庭浩怕被人发现，就操起楼道里一根生锈的铁棍，打在七月头顶上，七月这才终于安静下来。后来，陈宇飞貌似在完事之后，让谢庭浩也照着做，说这是江七月欠你的浪漫约会，谢庭浩当时以为七月只是被敲晕过去了，于是就决定趁着她还没醒过来，赶紧把便宜占了。

"她妈妈还说，后来晓月被人发现的时候，头骨都凹陷了，颅内大出血，周身的皮下组织已经开始溃烂，四肢和脸部都留有很深的烫伤疤痕，私处几乎血肉模糊。

"但是犯案的这两个人都没满十八周岁，是未成年人，判不了刑，而且经过法医的化验，晓月的体内，只有谢庭浩一个人的精液，所以证据链并不完整。最后，两家人家总共赔偿了晓月爸妈七十多万，就这么把事情给了结了。

"李警官，我妈妈上个月去世了。

"我全心全意地照顾她，陪着她走到了生命的最后一刻，也算是回报了她这么多年来对我的养育之恩了。

"李警官，我打电话来，是想要自首。"

（三）

掐指算来，那时的李广平，在刑侦大队里工作了差不多四年有余，作为队里唯一一名持有相关专业博士学位的储备人才，李广平很受上级部门器重，也曾有好几次，领导专门找他谈话，委婉地表达了对他寄予的殷切期望，期望他能把未来事业发展的重心，逐步往政务性工作方向转型，期望他在历经自身的成长与蜕变之后，能够凭借扎实的才干与能力，把握时机，争取调往首都的直属机构，开拓出一片属于自己的广阔天地。

那时的李广平，很年轻，太过年轻，对领导们给予他的厚望总感觉有些不置可否。他很喜欢自己现在的工作，喜欢和队里的同志们并肩冲锋陷阵在打击犯罪的第一线。队里号称"神探"的警员老周、不怕艰苦，骁勇无畏的帅小伙子小赵、聪明伶俐又英姿飒爽的女标兵小肖、憨厚腼腆，踏实肯干的大男孩小郑，他们个个都是李广平的好兄弟、好姐妹，每天和他们一起走现场、查案宗、调监控、排查案件的各种疑点，他感觉内心热情高涨，是那样的踏实，而相比之下，对于那些高高在上的、属于领导们干的统领性工作，虽然也谈不上兴趣索然吧，但似乎总是……一直没有找寻到激励自己在这条道路上努力拓展的精神原动力。

很多年过去了。

现在的李广平，偶尔也会想起当年初出茅庐时的自己，想起那个时候对一线工作的赤诚与热爱，不过这些，已是非常久远的过往了。

林青青刚刚离开故乡的时候，心里还是有些难以释怀的。毕竟不像当年出国念书，这次的离开，是与过往做永久的告别，她和李广平一起，把母亲林玲和晓月的骨灰迁至北京市郊的一座陵园里，每年的清明与冬至，两人都会去看望她们，给她们带去漂亮的鲜花。

"你知道吗？一对双胞胎姐妹里头啊，应该是距离子宫更近的一个是姐姐，但顺产时，距离子宫更远的一个却先出生了，所以啊，其实我才是姐姐，晓月才是妹妹，保护好她，是我从泡在羊水里的时候开始就要肩负起来的责任哦。"

李广平时常会想起妻子曾这样对他说过。

现在的林青青，比以前胖了不少，北京的大太阳天把她晒得白里透红，她把母亲留给她的产业全部变现存进了银行，说是八十岁以后，要把其中的百分之九十拿出来捐给靠谱的领养机构。李广平不解地问她，你现在干嘛不捐？

"你现在的这个工作呀，其实挺复杂的。别看你今天人模人样地受大家尊敬，万一明天没把工作搞好，那被免职、被降职、被处分，也是分分钟的事。到时候啊，这个家还不得是我来兜底？"

真不愧是那个林玲当年一眼就看上的聪明的小女孩。李广平低下头去，亲吻了一下妻子那饱满而光泽的前额，微微地笑了起来。林青青顺势把嘴唇凑到李广平耳边，轻声地呢喃了一句——"我……好像有了……"

"啊呀你怎么才告诉我呀! 太好了，太好了! 你看，晓月要当阿姨了，哈哈……"

"可是……"

"怎么了？"

"你知道我是整过容的……"

"整过容怎么了? 我又不是今天才知道。"李广平回忆起自己第一次见到林青青时的情景与感受，不禁莞尔。

"眼睛、鼻梁、下颚骨，都动过啊! "

"都动过怎么了？"

"那孩子要是长得随我的话，肯定会不漂亮啊! ……"

"不漂亮怎么了? 他牛逼啊! 牛逼还不够啊? "

"牛逼那是随你……"

"得了吧，要说牛逼，我哪能及得上你哦……"李广平把下巴抵在林青青的脸颊上来回摩挲着，心满意足又意味深长地说道。

（四）

"庭浩，我们以后……就做个好朋友吧。"

"可是……明明是我先喜欢你的啊！青青，我喜欢你已经很久了，只不过……我没说出来而已！"

"那谁叫你没说出来呢，现在我已经是宇飞的女朋友了，你讲这些还有什么意义？太晚了……"

"你听我说青青，陈宇飞他给不了你未来的，他们家……你知道吗，他爸就是个社会上的混混，他妈妈连小学都没毕业，在这种家庭长大的人，能给你什么啊？我家就不一样了，我爸爸是中学老师，妈妈是医生，我们家可是正儿八经的书香门第啊！青青，我知道你家里经济条件好，也没必要图男人什么，可正因为如此，你才更应该找一个门当户对的、能在各方面跟你相匹配的男朋友，不是吗？"

"啊呀……不是书香门第不书香门第的问题……"

"那是什么问题？你告诉我！"

"是……性格上的问题。"

"性格上的问题？？那你告诉我，我性格上究竟哪里不好？哪里比不上陈宇飞了？！"

"我……我不想说。"

"为什么不想说？！"

"说出来……怕你会不高兴……"

"你说。说呀！快说！"

"我觉得你性格不太好，有点阴郁，还挺偏执的。宇飞的性格就很阳光，而且你看他，马拉松、篮球、网球，样样都很拿手，啊呀你们是好兄弟，他有什么强项你应该比我更清楚嘛，我只是觉得……我还是更喜欢他那样性格的男生，宇飞他……比你更有男子气概，他比你更能够保护我，你明白吗？"

"你说什么？！他有男子气概？我没有男子气概？！"

"啊呀我也不是这个意思，你别生气嘛……"

"我跟你说，我也天天去健身房锻炼的！"

"我知道我知道……"

"我告诉你，陈宇飞他……他就是个四肢发达、头脑简单的人！我们念书那会儿，他爸天天打他妈，我告诉你，这种暴力倾向是要遗传的！"

"哦对了，我记得宇飞他还跟我说过……"

"他还跟你说过什么？！"

"他还跟我说……说你其实从小就是个怂包，胆子跟过街老鼠一样小，只知道天天跟在他这个大哥屁股后面，作什么决定都要先听取他的意见，好像自己没有胆量作决定一样……"

"陈宇飞……他这么跟你说的？？！"

"嗯。"

"妈的，这个傻逼！……"

"他还说，你明明心里很喜欢我，但是看到我和他在一起了，你就又缩回去了，他说一个男人连争取自己喜欢的女人这种勇气都没有，将来是成不了什么大事的……"

"放他妈的狗屁！！我缩回去吗？我缩回去了吗？青青，你说，我缩回去了吗？！"

"庭浩……你别激动啊……啊呀，早知道就不跟你说这些了，真是的，你看看你现在这副样子，好像要吃人一样，万一哪天你们要是打起来了，而且还是为了我打起来的，那我不是要活活自责死了嘛！再说了……你没他那么强壮，又打不过他，要是被他打残了，或者活活打死了，那我可怎么对得起你呀！……"

"操！你还真当我是只弱鸡啊？！我打不过他？打不过他我捅他！我他妈的拿刀捅死他！！"

"不要啊庭浩，你不能去捅他！"

"为什么不能？！你护着他是吧？！"

"可我总要护着他一点呀……我已经和他……我已经是他的女人了呀！……"

"哈！天大的笑话！你是他的女人了？他陈宇飞有这功能吗？有吗？！"

"庭浩，你……"

"陈宇飞他妈的就是个阳痿！根本连个男人都算不上！我告诉你青青，他不是现在才这样的，他念高中发育的时候，就已经是这样了！你要是真做了他老婆，那就等着守一辈子活寡吧！"

"庭浩你不能这么说，他身体……是不大好，但这也不是他的错啊，可能……以后调养调养，会慢慢好起来也不一定啊……"

"呵呵，一个先天阳痿，值得你这样吗??你……他是给你灌了迷魂汤了是吧?呵呵，说我怂，我倒要好好看看，到底是谁怂，到底谁他妈的是过街老鼠!看我今天不弄死他!"

"不行啊庭浩，你别去找他!你打不过他的!"

"你让开!男人之间的事，你少管!"

"别去啊!你会被他打伤的!别去啊!!"

只听"砰"的一声，谢庭浩摔门而出。

（五）

李广平把林青青紧紧揽在怀里。

"给我一年的时间，我带你走，我们忘掉这一切，找个离这里很远很远的地方，重新开始生活，好不好?青青，你愿意相信我吗?相信……相信一个人民警察的承诺。"

"我相信你。"

林青青从李广平的怀抱里抬起头来仰望着他，她的眼睛里闪烁着柔亮的星光，"只是……我们去哪儿呢?"

"要不……北京吧?你看呢?"

"北京?嗯……好吧。"

《探案奇思异想录》佳作选登

郑智康　著

埋

谁啊？？来了来了……

哟，是警察同志啊，快请进请进，里面坐！啊呀……真不好意思，家里面乱，也没顾得上收拾……

……我姐姐刚没了，我做事情也没什么心思……唉……

我知道我知道，那当然，那我肯定全力配合您调查的，您尽管相信我，凡是我说出来的话，那肯定都是真实情况，绝对没有半句假的。

好嘞，那我跟您说说。

是这样，谢天明和谢天伟——也就是我老公，他们是双胞胎，跟我和我姐姐的情况是一样的，我们四个人从小就在这百花镇上长大，两家人家算是要好的邻居吧，而且我们也都是在同一所中学念书的，他们俩比我们要高出一届……

警察同志，您看，这本是我找出来的老相册，里面有蛮多我们小时候的照片……对，这个是我姐姐，呵呵……可比我长得漂亮多了吧……？

哦不不不，我们是属于异卵双胞胎，所以就是说长相啊、脾气性格啥的，都很不一样的……这个是谢天明，你看，旁

173

边这个是我老公……

是呀，他俩也是异卵，谢天明五官像他爸爸，我老公脸型像他舅舅……哈哈，"三代不出舅家门"啊……

嗯……他们兄弟俩……说起来也真的很奇怪，他们两个人其实从小关系就很不好的，小时候在家里面，只要一句话不对付哦，就马上打起来了，呵呵，他们家锅碗瓢盆不知道摔碎了多少嘞，还好我们乡下小地方，反正是自家的地，自己建的房子么，虽然不能和市区里的那种房子比，但好坏房间多呀，他们两个人从小就一个人一间房间分开睡的，他们爸妈为了他们天天吵架的事，头都要痛死了……因为学校老师一直要向他们告状的呀，而且家里面不安定，这样隔三差五就大吵大闹的，我们周围邻居都把他们当笑话看的……

哎……这个么，我也说不太好……大概就是人家讲的"缘分"吧。从小邻居们都开玩笑说，你们两家要是结亲家，那可是正正好好、亲上加亲，结果没想到真的被他们说中了……

警察同志，这个事情，是我做错了，我认罪的。

嗯……十六年前的事情了……

那时候，谢天明跟我姐姐结婚差不多有两年多吧，那天我老公出差去了，他们俩就过来吃晚饭，呵呵……要是我老公在家的话，谢天明是绝对不会来的，他们两个人长大以后也还是一副死对头的样子，真搞不懂，居然还是亲兄弟哦……

大概是上辈子结下什么梁子了，这辈子还没来得及解开吧。

怎么说呢……当初，他追我姐姐的时候，那可真的是很殷勤的，对我爸妈也是恭恭敬敬的。可等到我姐姐嫁过去以后，他的本性就暴露出来了，平时在外面稍微遇到点不顺自己心意的事情，回到家就大发脾气，他喝完酒，还经常用皮带抽我姐姐……真的很吓人，我姐姐一直忍着没有跟咱爸妈说，但是她都跟我说了呀！我听了，真的，心里那个气啊……

可是没办法呀，嫁都嫁过去了，要是离婚啥的，在我们这种小镇上，我姐姐是要被人看不起的，而且我爸妈也铁定要被人家说闲话了……

对！那天就是他喝了两罐啤酒，我记得不要太清楚哦！他就用手指着我姐姐，说她两年了都怀不上孩子，是只不会生蛋的母鸡！我姐姐一句都不敢回嘴，眼泪一直流一直流，两只眼睛红得跟啥一样……

后来啊？后来他越说越来劲了，一个耳刮子抽我姐姐脸上，那我当时就火了呀！这他妈还是在我家啊，这要是在他们自己家，那我姐姐说不好就要被他打死了！

同志我跟你讲，我当时也没多想，就冲上去推了他一把，确实是蛮用力的，那我……我不能让他再打我姐姐了呀！！

他没还手，估计喝晕了，脚跟没站稳。大概……他也没想到我会突然去推他吧，而且我是用足力气推的哦！

啊呀……我没想到会出这样的意外呀，当时我和我姐姐

175

两个人都傻眼啦。最后还是我姐姐想出来的主意，说咱把他埋了吧，下地的工具都还在老库房里，用起来也顺手……而且我家这个园子，当时也没种瓜果啥的，正好荒在那儿，就算挖开了再填上，表面上也看不出来的……

再后来么，我就陪着我姐姐到派出所去报失踪呀，说谢天明那天上班出门以后，就一直没回来……

警察同志，这事，是我犯的，"过失杀人"什么的，我都认。但话说回来，这都十多年过去了，早就过了追诉期了呀，总不见得现在再把我关进班房吧，您说是不是？这还得一码归一码来讲。

哪能啊……我姐姐才不怨我嘞……！她早就恨死那个谢天明了，他这一死，我姐姐反倒过得自在了，她还说自己那个什么……恐婚！所以后来说啥也不肯再嫁人了，我妈做她思想工作，她理都不理睬的……

没事儿，您尽管问，我这人本来就是有啥说啥的脾气，呵呵。

警察同志，我跟您说，我姐姐平时是个挺有理智的人，不会动不动就举刀子的。这事，是我老公不对。

唉……这事情……其实我心里也是有点数的，当初我老公……他一开始喜欢上的是我姐姐，只是没想到被他哥抢了先……

就……今年端午节呀，那天我叫他送点粽子过去给我姐

176

姐，谁知道他一见我姐姐就……啊呀，那天是我自己不好，没有提前跟我姐姐讲一声，所以她不知道谢天伟要过去呀！

她一个人在家么，就穿了条那种……丝质的裙子吧，有点带蕾丝的、露背的那种。她从小就长得好看，身材也好，瘦瘦的，皮肤也白……

那还了得！那可是属于强奸呀！再说，还是她妹夫……是她亲妹妹的老公啊！

啊呀我刚才说了，姐姐不是那种冲动的人，她肯定就是急眼了，所以才捅了刀子。

那您说怎么办啊……？！我家地下已经埋了一个了，现在又来一个，那也只能埋到她家菜地里了呀！

警察同志，您这是什么思路？他俩怎么可以埋在一起呢？！

那怎么可能呢？您明知道我老公和他哥都已经吵架打架快半辈子了，要是把他俩埋一块儿，那到了下面……还不得掀了阎王殿里的锅碗瓢盆啊？！

不是不是，这可全是我姐姐的意思，我俩端午那天一起挖菜地埋我老公的时候，她就关照我，说是他们兄弟从小就住两个房间，各睡各的，到了现在，也该按他们家的老规矩来。

当然啦！当然是我姐姐的主意啦，要是我把谢天伟这狗东西也搬到我那园子底下和他哥躺一起，那估计我姐姐要从地里爬出来骂我了……我猜想啊，她虽然恨谢天明，但多少还是顾念一点夫妻情分的，所以无论如何也不愿意他死后还落个不得清静。

要说租地这件事情，说起来都怪我，自打结婚以后，也没出去找份像样的工作，这下好了，老公没了，家里谁赚钱啊？

我也是实在没办法了，儿子还小，读书读到大学要花老多钱了……要不然，我也舍不得把自己家和姐姐家的房子全都盘出去给别人做什么……什么农家乐呀，毕竟是咱自家的田地啊……再说了，讲句犯法的话，要不是那重新造的农家乐房子开工后挖地挖得实在太深，他们也发现不了谢天明和我老公呀……我和我姐姐把他俩埋得可稳妥了，花了不少力气的嘞！

啊呀我这不是瞎说说呢嘛……只是……我姐姐再有错，可她现在人都已经上天堂了，这事儿吧，也就差不多只能到这里了，您说呢？

什么？我跟我姐姐啊？我们俩从小感情可是好得不得了呢，双胞胎姐妹嘛，怎么可能关系不亲啦？像谢天明和谢天伟那狗东西这种情况，那是属于特例，不大碰得到的。

又不是我姐姐主动有那个意思的，我怎么可能怪她啊……要怪就全怪谢天伟那狗东西！都已经是当爸爸的人了，还对我姐姐念念不忘，他……他把我当什么啊？！空气啊？生

178

儿子的机器啊？！

警察同志，您这可开不得玩笑哦，他可是我老公啊！我们天天睡一张床的啊！

啊哟……我刚刚么，也就是嘴上说说的呀，怎么可能啦……男人么，花花肠子总是有一点的，难道说就因为这，我还真的要了他的命不成？您看您这问题问得……

我姐姐？那还不是因为你们局子里边的人三天两头来找她调查问话啊……她估计就是被你们吓的！毕竟，那狗东西的尸体就埋在她门口的园子里啊，有几个人能担得住那样的压力啊……不过我这也是现在自己主观上猜想的，不一定对哦。

当时？当时我哪里料得到她会走绝路啊……？！

警察同志……您这又来随便开玩笑了，是我姐姐她自己找的药，自己喂自己吞下的，我这人虽然长得一般，脑筋也一般，但情谊和肚量还是有的，哪能做出那种事来啊……！您看您这假设来假设去的，听着都跟侦探小说里的情节一样了……啊哟，我都被您吓出一身汗来了，我的天哪……

或然率的谜思

"思明啊，啊哟……你看看你脸都瘦了！阿婆到乡下去住了一个月，现在好了，回来了，你以后吃晚饭就到阿婆家里来吃，不要老是叫那些个外卖什么的，又不卫生，营养又不好……"

"阿婆，我没事的，您放心，我晚上自己煮点面条吃就好了。"

"啊呀你跟阿婆客气什么呀，阿婆家里又没别人，你看看，这一层楼里就我们两户人家，我可是一直都把你和桂芬当自己小孩看的哦。"

"怎么会跟阿婆客气呢，我和桂芬也早就把您当自己奶奶啦，只不过呢，简单的小菜嘛，我也是会烧一些的，就当练练手嘛，我看到网上有人说啊，工作压力大的时候，做点家务是最好的解压方式呢。"

"唉，说起桂芬，我前天晚上做梦还梦到她了，这老天爷真是作孽啊，你们小夫妻两个人感情这么好，偏偏要活活把你们拆散……"

"不瞒您说，桂芬刚走的那几天，我心里难受得不得

180

了，每天下班回来，房间里都是空荡荡的，连个说话的人也没有……"

"都怪这场疫情！要不是疫情，桂芬哪里会走啊？就算她平时身子比别人弱一些，但只要多注意调理，也不会生什么大病的！"

"阿婆我跟您说，我到现在还不敢相信，桂芬她真的就这么走了……我实在是……我……"

"思明啊，你听阿婆讲，从现在开始，你要坚强些，毕竟你年纪还轻，一辈子长着呢，你总不能一个人单过吧？要是有合适的小姑娘，你也要试着交往交往，凡事要多为将来打算打算……"

"嗯，我知道的阿婆，这两天，我也稍微能想开些了，日子总是要过下去的……前几天，同事给我介绍了一个小姑娘，比我小一岁，中学里教英文的老师，人蛮好的……"

"这就对了！是应该这样，现在疫情慢慢好起来了，电影院啊、商场啊，都开门了，你正好可以约人家一起去逛逛。"

"是呀，还有一些旅游景点也都陆陆续续开放了，以后我可以带她去看看风景，拍拍照什么的。"

"对了，那小姑娘叫什么名字啊？"

"叫杨晓丽。"

"名字倒蛮好听的。"

"说起来，也真是巧得很，实际上我和晓丽老早就认识了……"

"啊？你们认识啊？"

"我俩是高中同学，一个班级的，您说巧不巧？我是怕那个当介绍人的同事觉得尴尬，所以相亲那天，就假装和她是第一次见面。晓丽可聪明了，一见我这样表现，就也跟着假装，我们两个人到现在都没跟介绍人讲实话呢！"

"怎么这么巧的事情也有啊！那你们俩可能真的是有缘分了！"

"是啊，我心里也觉得挺惊喜的。"

"你看，你们是老同学，脾气性格都是知根知底的，也不用像对个陌生人一样从头开始了解了。"

"可不是嘛！而且……说起来，毕业以后，晓丽和我……也一直都是有联系的……"

"哦这样的啊？那可是再好也没有了呀！你们一直都有交流的，那等于是相互之间已经有感情基础了呀！"

"是呀！所以我说我要自己学学烧菜嘛，趁现在多练习练习。阿婆您知道吗，晓丽最喜欢吃煎牛排了，以后等我学会了，我做给你们俩吃！"

"啊哟好好好，我们思明有出息了，又会赚钱，又会烧菜，我可等着享你和晓丽的福哦！"

"阿婆……"

"怎么啦？"

"您……您不会觉得我和晓丽……有点太对不起桂芬了吧？哦，我的意思是说，我和晓丽啊，要是现在就开始谈恋爱的话，是不是有点太对不起桂芬了啊？"

"这怎么能叫对不起呢……你和桂芬生活在一块儿的这些年，你有多关心她、多照顾她，我都是看在眼里的，但人抵不过命啊，要是桂芬命里注定享不了这个福，你也没有办法呀……"

"嗯，听您这么一说，我也就没什么可顾虑的了……哦对了阿婆，我跟您讲哦，晓丽她性格可活泼开朗了，是个特别可爱的女孩子，以后啊，她肯定会比桂芬还要讨您喜欢的！"

"那好啊，有个活泼点的姑娘在你身边，家里也多点生气，照老话说，是旺夫的呀！哦，当然了，桂芬也有桂芬的优点，她文静些，也是好性格。"

"是，桂芬……内向了点……"

"不过你也别说桂芬内向，去年疫情严重的时候，她出门吧，还戴了个粉红色的口罩，上面好像印了很多动画片里的那种小动物什么的，这说明啊，她心里也是有活泼的一面的。"

"那些口罩，全是我给她买的……"

"哦是你买的啊？我还当是她自己喜欢才买了戴的呢！"

"唉，说起买那种口罩，我心里后悔得很……那时候疫情刚刚开始，桂芬她害怕被传染上，心里老是很紧张，我就给她买了那种粉红色的口罩，上面有很多很好玩的卡通小动物。

183

我当时心里想着，让她多看看可爱的图案，心情也许能放轻松点，可我后来才知道，这种口罩，其实不是正规的医用口罩啦，预防病菌入侵的功能不强的啦！"

"思明啊，我们大家都是第一次遇到疫情这种事，以前又不是一天到晚戴口罩的，哪里想得到这么多啦，冬天里小孩子戴的口罩，不都是有小动物图案的嘛，是比医生用的那种白色的要好看得多了呀！"

"可是后来……我也不知道是不是因为那个口罩没什么预防功能的关系……反正她就开始感觉身体不舒服了，说是想去医院挂个号看看。我当时心里想着，一大清早马路上、地铁里，人都比较少，所以就叫她早上七点钟去排队挂号。可我没想到的是，早上七点钟，正好是医院里排队挂号人最最多的时候，让桂芬挤在人堆里，反而更容易被传染上啊！"

"你心里确实是为她着想的，一大早么，外面走动的人是比较少呀，所以人家不都赶早班车吗，早班车空呀，座位也多，思明你的出发点是好的，就是考虑得没那么周全，这也不能全怪你不是吗？"

"可是从那以后……桂芬就真的感染上了呀……不过还好，是轻症，在床上睡了几天，热度就退下去了，人也有精神了。后来我妈重感冒，跟我说她一个人躺在床上，身体一点力气也没有，我当时心里想着，桂芬刚刚康复，正好是抗体最强的时候，所以我就和她商量，让她住过去照顾我妈几天，可谁想得到，那个抗体对重感冒不管用的啦！结果我妈感冒好了，桂芬自己倒染上重感冒了，一直低烧，反反复复退不下去，还拉肚子……"

"说起来这事也怪我不好，有一次我看到桂芬在喝菊花茶，我就赶紧跟她说，这个茶很寒凉的，拉肚子的人不能喝，喝了会拉得更厉害的。可是她跟我说，思明跟她讲过的，菊花是排毒的，多喝一点，体内的毒素就排掉了，感冒也就自然而然好了。我当时觉得很奇怪，本来想等你下班回来后问你一声的，结果一转眼，忘记了，唉，都怪我，年纪大了，没记性了！"

"不不不，阿婆，那都是我不好，我不该跟她说菊花是排毒的，其实我自己也是半懂不懂的，就随口说了那么一句，我没想到她真的去喝菊花茶了，而且还那么使劲喝……"

"你啊，平时把她照顾得太仔细了，所以她也习惯样样事情都听你的话了……唉，都已经是过去的事情了，你也别太往心里去……"

"嗯，我明白的，我不往心里去……"

"不过思明啊，有一件事情，我倒是一直搞不清楚是怎么回事……"

"什么事啊阿婆？"

"我记得有一天夜里，桂芬跟我说，她用冷水洗了个澡，当时把我吓了一跳，我说你还发着烧呢，怎么能用冷水洗澡啊！可她说，家里的热水器坏了，热水出不来。那我说你烧两壶开水呀，擦擦身子也好的，不能全部用冷水的呀，她又跟我说，家里的电水壶不知道怎么回事，插上电源，一点反应也没有，好像也坏掉了。那我说，实在不行的话，你拿个铜水壶，放在煤气上烧点水呀，可她跟我说，家里的煤气灶，昨天用着还好好的，可现在，火点不着了。我当时就觉得奇怪呀，怎么可能呢，家里面的热水器、电水壶、煤气灶，三样东西同时坏掉了啊？怎么可能有这么巧的事情啊？"

"对对对，那件事情，我也觉得奇怪得要命！要是那天我没加晚班就好了，要是我在家里，我绝对不会让她用冷水洗澡的！她只要不洗，就不会着凉，就不会一下子烧到四十多度，虽说她本来心脏就不好，但只要不发高烧，也不可能引起什么并发症的……说到底都怪我，是我太大意了，害了桂芬……"

"思明啊，你不好这样想的哦！那天夜里……你要是真的在加晚班，那怎么能怪你呢？这只能说……就是命里注定的，偏偏不巧的事情都凑到一块儿了，你也不能把责任都揽到自己一个人头上啊！"

"阿婆，其实我也是这么跟自己说的，不然的话，我这心里面，怎么过得去啊……"

"你现在啊，凡事能想得开，是最最要紧的，阿婆还是那句话——都已经是过去的事情了……"

"阿婆，我会好好开解自己的，再说了，这不是……现在有晓丽帮我一起渡难关了嘛……"

"说得是啊，现在你要多放点心思在晓丽身上，两个人好好处，别的事情，能不多想就不要去多想了。"

"我记住了阿婆……"

"其实还有一件事情，思明啊，我倒是一直想问问你的，也是关于桂芬的事，本来想想算了，都过去了，还追根究底它干啥，不过老搁在心里吧，总是个问号，唉……年纪大了，有话不讲就憋得难受……"

"啊？还有一件事情啊？是什么事情啊阿婆？……"

"……"

"……"

"……"

"……"

真　相

　　我有个很要好的朋友，名叫顾凯，前些日子他和同居了三年的女朋友正式结婚了。婚礼办得很热闹，酒宴吃到一半，我离席去上洗手间，经过消防通道的时候，看见他一个人躲在里头抽闷烟，我喊了他一声，他回过头来朝我笑笑，掏出了烟盒。接着，我们俩就并肩坐在黑漆漆的楼梯台阶上，边抽烟，边听他给我讲了一件事情。

　　顾凯跟着周老板做事已经有十多年了，周老板是开"柯达快印"照相馆加盟店的，不过现在的年轻人都时兴直接用网络上提供的形象模板，通过修图拼接做成自己的肖像照，所以去照相馆拍照的人已经寥寥无几了，二十多个加盟店在三年里逐一关闭，到了去年年底，只剩下一间几平米的小门店勉勉强强地还在继续着营业，上门的顾客也基本都是些年纪一大把、不会玩电脑和手机的人，可到了上个月，连这最后一家店，也没能幸免于即将关门歇业的宿命。

　　周老板是个善心人，一直是"残疾儿童救助基金会"的热心捐助者，这些年来，他在公益事业上可没少花力气，即便是到了现在这样山穷水尽随时准备"告老还乡"的地步，他的保险箱里还牢牢锁着一百二十万元现金，那是准备在今年圣诞节交给基金会的捐赠款，本来想下一周参加完郏里举行的圣诞夜捐赠仪式，就打道回府去南京老家过年的，结果却在前一个周末，莫名其妙地收到了一个没有填寄件人信息的快递。

快递是寄到马上就要退租的那间小门店里的，薄薄的一个纸信封，顾凯原以为是什么发票之类的东西，结果撕开一看，里面装着一张纸条，纸条上写了一句话——"明天凌晨十二点，来取周老板保险箱里的钱。"

当时顾凯就懵了，拿着纸条去给周老板看，周老板看完也有点慌，说，要不咱们报警吧。

正在这时，两个派出所民警敲了敲他们的玻璃门，说是挨家挨户来查外地人暂住证的。周老板一看是民警来了，赶忙迎上去，跟他们说了匿名快递的事情。其中一个高个子民警回答他说，这显然是恶作剧嘛，如果真的想偷钱，还要事先告诉你们干嘛？

周老板听了，觉得不无道理，可还是免不了担心。于是顾凯恳请他们，能不能在今天晚上十二点前，派值夜班的民警同志过来蹲守一下，想必有警察在，谅他们胆子再大也不敢动手抢钱啊。旁边那个矮个子民警貌似倒是挺同情他们的，说，今天晚上正好是我们两人负责巡逻，要不到时候，就过来看看吧，免得你们不放心。

顾凯和周老板千恩万谢地送走了两位民警，到了晚上，他们早早吃罢晚饭，准备了红茶和新鲜的糕点摆在桌子上当宵夜，等待着两位民警的到来。

　　果然，两位民警很守信用，十一点不到的时候就出现在了店门口，于是四个人坐在一起，喝着茶，有一搭没一搭地聊着天，眼看着墙上的电子钟已显示当前时间为十二点零五分了，而店门外依旧是安安静静的，连半个人影都没有，周老板和顾凯这才松了一口气——果然是恶作剧……

　　这时候，高个子民警提出一种假说，他说有没有可能，虽然罪犯没有现身，但你们保险箱里的钱，早就已经被提前置换掉了，只是你们自己不知道而已？

　　经他这么一说，周老板有些吃不准了。虽然听起来，这种事情像是只有在侦探小说里才会出现，但谁敢保证现实生活里绝对不会发生呢。只见他起身走到保险箱前，按下密码，保险箱的门"啪嗒"一下自动打开了——一百二十万现金整整齐齐地被搁置在金属板架上。他仔仔细细地检查完每一捆钞票，刚想长舒一口气说庆幸庆幸钱还在没被动过手脚，一旁的矮个子民警就从腰间拔出了手枪。

　　与此同时，高个子民警从制服内侧掏出一个折叠平整的、硕大的黑色编织袋，从已经被打开的保险箱里不紧不慢地拿起一捆捆百元人民币放入袋子里，很快，保险箱里便已经空空如也了。

矮个子民警示意高个子民警拿着钱先走，他自己则厉声要求顾凯和周老板转过身去，面朝墙壁站直了，不许回头看。

这一通操作，让顾凯和周老板彻底慌了神。他们只得乖乖照着"矮个子民警"说的去做，两人干瞪着白花花的水泥墙壁，谁也不敢回头。

也不知道究竟过了多久，他俩觉得背后怎么好像一点声音也没有，周老板斗胆转过半个身子瞄了一眼，才发现背后空无一人——"矮个子民警"早就走掉了。

被假扮成民警的抢劫犯扎扎实实地骗掉一百二十万，周老板当即决定让顾凯守在店里，他自己则第一时间赶去派出所报警。但是后来日子一天天过去了，周老板也前前后后跑了好几趟派出所，可两个抢劫犯却迟迟没有被抓到，看来这些钱，是拿不回来了。

那段日子，顾凯心里很郁闷，天天为周老板鸣不平。结果有一天傍晚，他刚巧路过门店附近的一家烧烤店，竟然看到高个子和矮个子两个假民警在店里一边啃着羊肉串，一边兴致高昂地大口大口喝着啤酒。顾凯顿时忿懑至极，想冲上去将他们一把揪住然后立马叫店老板报警，可刚等他一只脚跨进烧烤店的门槛，那两人就抬起头注意到了他，顾凯原以为他们会撂下筷子扭头就跑，结果没想到，他们非但没有一点要跑的意思，反而还挥挥手招呼他过去坐。

只见高个子喝得满脸通红，大手"啪"地一下拍在顾凯后背上，说，你和你们周老板，可真有能耐啊，居然提前识破了咱们的伎俩，还装傻充愣，把我们哥俩耍了一把，搞得我们很没面子啊！

顾凯听了很困惑，就问他，你说的这是什么意思？我们什么时候耍过你们？然后那个矮个子就在一旁搭腔说，奶奶的，整整一百二十万的假钞，你们周老板做的可是大生意啊！

两人见顾凯愣愣地看着他们，一副完全不明所以的样子，就问他，你小子该不会是真的不知道吧？顾凯回答说，怎么可能是假钞呢，这些钱都是从银行里取出来的，我们周老板是正经生意人，你们都胡说些什么东西啊！

见顾凯一直在为周老板辩解，看样子确实不像是在演戏，高个子便从裤兜里掏出一把粉红色的百元大钞，说，喏，你也拿两张去，就当是个纪念哈，你们周老板也太不上路了，这么大的买卖，自己身边的人都不肯带着一起发财。说完，两人哈哈大笑起来。顾凯接过一小沓皱巴巴的百元纸币，对着灯光仔细地瞧了又瞧，仍然没有看出一点端倪来。只听见高个子还在一旁感叹，说什么工艺实在是好……逼真……绝对能骗过去……之类的话。

经过了那一晚，顾凯仿佛突然从梦中惊醒一样，心里越想越慌乱，有的时候，还会想着想着就惊出一身冷汗来。他考虑再三，最终以要去女朋友老家买房子结婚为由，辞去了周老板那里的工作。好在周老板完全不知个中缘由，拉着他感慨不舍了一番，两人随即便分道扬镳了。

本来呢，顾凯也没打算这么快就把婚事给定下来，只是内心被如此折腾了一番，他突然感觉疲惫得很，便开始向往着能过上一种安定平静的小日子。领了结婚证以后，他和老婆两人一边装修新房，一边筹办婚礼，也算是岁月静好。有一天，他突然想起那时候高个子和矮个子给他的一把钞票，也不知道放在哪里了，他似乎还是抹不掉心里的那点疑惑，还想再看看，再研究研究。

翻遍了几条旧裤子的裤兜都没找到，他便随口问了一声他老婆。他老婆告诉他，早先洗衣服的时候，掏他的裤子口袋，就把钱掏出来顺手放进自己的钱包里了，后来，出去逛街买东西，花掉了。顾凯问她，你是在哪儿把这些钱花出去的？菜场摊子上？还是路边的小超市？他老婆笑嘻嘻地回答他，哪儿啊，大商场好不好！我那天是去买羊绒大衣的，正好手机没电了，没法扫码付款，就索性付了现金。顾凯问她，难道大商场里的收银员没发现这些钱都是假钞票吗？她老婆听了一脸惊讶，说，每个收银台都有点钞机的呀，假钞你想花也花不出去呀！

当顾凯的脑细胞无比迅速地从一片混沌的记忆里冲杀出来后，摆在他心里的，有这样几个问题：

第一，高个子和矮个子在烧烤店里看到他，怕他报警，所以灵机一动，干脆说他们那天晚上拿到的全是假钞。

第二，高个子和矮个子拿到的确实全是假钞，但是给他的那几张，是他们不小心搞错了，拿了他们自己的真钞。

第三，正如高个子和矮个子那天所说的一样，这假钞做得过于逼真，以至于连点钞机也没法识别。

顾凯问我，你觉得究竟哪个才是事实真相？我说，我觉得有点晕，也可能是刚才酒喝多了。

我们俩相视大笑起来，呼出的烟圈熏得我们睁不开眼睛。

后来，我还听他说，他老婆一直追问他——"你说这些钱都是假钞，到底是怎么回事？！"顾凯实在不知道该如何向她解释，整天头大得要命，躲又没处躲，逃也逃不掉。

公爵的愤怒

是夜九点零八分许，市公安局靖江分队六支队的夜班值勤人员接到一名男子打来的求救电话，声音听起来既虚弱又惊恐，说自己帮出差的邻居照看家宅，被其家中豢养的恶犬袭击，流血不止。

六支队队长赵毅赶到事发现场时，协同而来的两名警员刚刚将紧闭的别墅大门打开。一楼大厅地面上布满殷红的鲜血，一名身着米黄色衬衣的中年男子右上臂血肉模糊，侧靠在楼梯扶廊上，地面中央躺着一只黄色短毛田园犬，头部似是被钝器击晕，医护人员迅速把中年男子抬进救护车，那只田园犬也在随后被警方带离现场，送往了附近的宠物医院救治。

受到田园犬攻击的中年男子名叫方越平，在接受警方查问时，他依然惊恐未定。

"这是我邻居姜老板的房子，我自己的房子就在他家隔壁，今天他要去北京出差，就问我能不能到他家暂住一天，帮忙照看一下公爵,我就答应了啊……"

"公爵?……"警员很疑惑地看着他。

"公爵就是那条狗啦……姜老板给这只土狗弄个贵族头衔,你说可笑不可笑……"方越平说着,无奈地摇了摇头,"说也奇怪,公爵平时和人很亲近的,姜老板一直有在训练它,我都觉得它比小猫还要温和,这几年来,天天出门都见到它,是只从来都只会摇尾巴的那种狗……"

"能和我们说说今天晚上它袭击你前后这段时间里所发生的细节吗?"

"当然可以啊……不过想起来,其实也实在没什么特别的……"

"具体说说。包括那个姜老板的事,你知道的都说说。"

"哦……姜老板呢,名叫姜仕林,是个生意人,平时他一个人住,闲暇时喜欢弹弹钢琴,养着公爵好几年了,得空就在家里训练它,什么站立、蹲下、捡球、冲刺、停下,这种指令它都听得懂,像个小孩一样。昨天他出差前,就关照我说,公爵每天晚餐都要吃三文鱼的,他已经都准备好存在冰箱里了。叫我到了晚上,热一下给公爵吃。我说没问题,他就很放心地开车去了机场。"

"接着说。"

"然后今天晚上,我就加热了一下三文鱼给公爵吃,公爵也吃得很欢,完全没什么异样,只是后来……"

"后来怎么了？"警员紧追不舍地问。

"后来……晚餐过后，姜老板打了一通电话到我手机上，问我一切都好吗？我说一切都挺好的。然后他叫我开一下手机免提，说想和公爵讲两句话，我就开了免提，把手机递到公爵耳朵边上。"

"他对公爵说了什么？"

"也没什么……就问公爵，你今天有没有乖乖吃三文鱼啊？"

"公爵听到后，有没有用什么……类似叫唤声什么的，来回应他？"

"没有，公爵听了根本没什么反应……"

"然后呢？"

"然后我就说了些让他尽管放心之类的话，他道了声感谢后，我们就把电话挂断了。"

"之后呢？"

"之后……大概过了两三分钟不到，我左手上正拿了个电水壶，准备灌些水去烧热，公爵原先是趴在一截楼梯上的，不知道什么原因，突然冲下来直接就朝我扑过来，我下意识用右手一挡，他就一口咬在我手臂上，还死死咬着不放！"方越平望了一眼被纱布包扎得严严实实的右上臂，"我只好用捏在左手上的电水壶往它脑袋上猛地敲打过去……现在想起来真后怕，要不是我用手臂挡了一下，他咬到的可能就是我的脖子啊，那我现在基本上早就没命了啊！"

赵毅在一旁听了良久，长吁出一口气，"查一下姜仕林的回程航班，明天飞机一落地，你就把他带到他自己的寓所里。我在那里和你们会合。"

"是，赵队！"身边一名警员答道。

"你去宠物医院，把公爵接出来，明天同一时间，一起过来。"赵毅转身对另一名警员说。

姜仕林一副慌乱错失的模样，见了受伤的方越平，连连道歉，这道歉声被赵毅打断了，"姜老板，今天我们来做个小实验。也许呢，正像你所说的，这就是个意外……就是公爵失心疯了……"赵毅盯着姜仕林看了一会儿，目光中蕴藏着说不出的深意。

他们在客厅里坐定，赵毅让一位警员报了一个手机号码，示意姜仕林用自己的手机拨打这个号码，电话铃声在警员口袋里响起，警员取出后接通了电话，递到公爵耳朵旁。

"公爵，你今天有没有乖乖吃三文鱼啊？"姜仕林对着自己的手机说道。

公爵听了确实没有什么反应。

两分钟过去了。

三分钟……四分钟过去了，方越平站在与昨天晚上相同的那个位置，可公爵迟迟没有作出任何反应。

赵毅的小实验……失败了?

不对，一定是有什么地方疏漏了。

警员把姜仕林带回了警局拘禁，方越平也被送回了医院，公爵被带去宠物医院寄养，空荡荡的别墅客厅里，只留下赵毅一个人。

到底是哪里疏漏了呢?

寂静无声的午后，阳光淡淡地照射在光洁漆黑的钢琴翻盖上。那个夜晚所发生的一切以虚拟的各种形式在赵毅的脑海中翻涌不息。悬在墙壁上方的古董挂钟发出"当……当……"的两声敲击，已经是下午两点整了。

原来是这样……赵毅似乎茅塞顿开。

"查一下昨天晚上姜仕林拨打方越平手机的确切时间。"赵毅打了一通电话给下属，下达了命令。没过多久，下属来电报告了查询结果——晚上八点五十五分。

"今天下午在场的所有原班人马，晚上八点在这里集合。"赵毅说完，挂断了手机。

当晚八点四十五分，原班人马，相同的位置，相同的姿势。

八点五十五分，姜仕林按赵毅的要求重新拨打了警员的手机，手机接通后，警员递到公爵耳朵旁，姜仕林对着自己的手机:"公爵,你今天有没有乖乖吃三文鱼啊?"

公爵依然没有任何反应。警员随后挂断电话。

八点五十七分,八点五十八分……

八点五十九分,九点整……

古董挂钟不紧不慢,响起了九下敲击声,钟声的余音回荡在空气中,方越平依然站立在原位。

九点零一分,九点零二分……九点零三分……

公爵非但没有作出任何反应,居然还开始打起盹来。

赵毅的实验彻底失败。

事件最终被判定为意外,姜仕林走出拘禁处,在相关文件上签了字,见了方越平,依然是歉疚懊悔,自责不已。方越平对他的态度显得非常恼火,"快点把你那只疯狗弄走!!不然我马上去警察局告你!!"

"啊呀小伙子啊……我年纪大了,公爵我养了这么多年,心里舍不得啊,你就别和一只畜生计较了呗……好了好了,消消气,一会儿别又把气撒在新女朋友身上,别又把人家给弄哭了……"姜仕林赔着笑,好声好气地安抚着方越平。果不其然,方越平的手机铃声响了起来——是那首家喻户晓的"致爱丽丝",他看了一眼来电显示,突然变得眉飞色舞,用极温柔呵护的声音和电话那头的人攀谈着走远了。

姜仕林回到自己的别墅，关上房门，在琴凳上坐了下来。他深深吸了一口气，翻开琴盖，手指在黑白琴键上轻触，客厅里反反复复回荡着贝多芬的"致爱丽丝"的美妙旋律。十三年前，姜仕林的女儿姜依晴爱上了大学里校园乐队的方越平。据说方越平在学校年会上公开演奏了这首"致爱丽丝"后，瞬间成了在校女生们心目中的钢琴王子，此后，他便一直用这首曲子作为自己的手机铃声。他在追求姜依晴的时候，却告诉她说，当时在年会上，这首曲子，其实是独独为她而奏的，这是当年贝多芬爱上特蕾莎时，想对她表达的情感，也是他第一眼见到姜依晴时，想对她诉说的情意。姜依晴的心，被融化了，姜仕林觉得方越平是个轻浮之人，心里并不赞成女儿的这场恋爱。可他早年丧妻，女儿是他心中的唯一，他不愿意与女儿怄气，所以只能听之任之。却不曾想到，方越平比他想象的还要浪荡，他把姜依晴玩弄于股掌之中，还同时结交好几个女朋友。姜依晴在绝望中去找方越平理论，却在大雨瓢泼的夜色中被一辆酒驾超速的计程车撞倒。天雨路滑，行人稀少，抢救不及，正值花季年岁的姜依晴就这样不明不白地离开了世界。

　　姜仕林告无可告，诉无人诉，万念俱灰，唯有在事业上拼命搏杀，以此冲刷记忆带给他的痛楚。十年以后，他从一个出生草根的普通的外贸业务人员变成了自主创业的大赢家，也是在那个时候，在路边见到奄奄一息的黄毛草狗，便把它带回了家，给它起了公爵这个名字，看到它，就像看到了当年出身平庸、无能又无力的自己。

姜仕林也并非执念之人，他觉得方越平那时还年轻，他的风流轻狂，也许只是出于对世界的好奇。然天命弄人，十一年后，这个当日倜傥不羁的小伙子竟成了他的隔壁邻居，身处在优越生活环境里的他，不但没有痛改前非，而且变得更加恬不知耻。无数次，姜仕林迎面遇见他怀里搂抱着不同的年轻女子，无数次，他看见她们在他家门前哭泣、乞求，而方越平每每报之以冷言冷语，甚至讥讽嘲笑。她们流着眼泪默默离开，一个又一个，清纯洁净的女孩子，正如当年自己的女儿一样。

夜渐渐深了，姜仕林弹奏完最后一遍"致爱丽丝"，他合上琴盖，走到公爵身边，轻轻抚摸着它，问："公爵，你今天有没有乖乖吃三文鱼啊？"

他从储物间里拿出一个大号的充气抱枕，把它立在客厅中央。

挂壁上的古董钟接连敲响了九下，公爵突然站起身子，怒目而视，全身毛发竖起，朝空中飞扑而去。

她不是我妈妈

夏佑宁带着十二岁的侄女夏盈去超市买零食，满满两大塑料袋，拎在手里沉甸甸的，然后按原路折返，一路上两人都沉默着，家里的那件事，让夏盈无法接受，作为姑姑，夏佑宁开导了孩子很久，没有用。

途经辖区派出所，夏盈冷不防往办事大厅里直冲进去，撞上一个穿制服的，便紧紧抓住他的袖子不放。

"警察叔叔，她不是我妈妈! 她根本不是我妈妈! !"

尖锐的嘶喊声，把派出所的办事大厅回响成绝壁空谷，夏佑宁急忙赶上去打招呼，"对不起啊罗警官，这孩子……她心理上还没捋顺，我回去慢慢做她思想工作……"

夏佑宁在这个辖区是众人熟知的。四十岁的老姑娘，出生时因倒产缺氧而造成轻度脑瘫，幸好只是轻度的，所以日常生活自我料理和普通人都一样，就是头部向左有大约四十度倾斜，后遗症，没办法。之前跟弟弟弟媳还有夏盈这个小侄女一起住，帮着夫妻俩照顾照顾孩子，整理整理家务。弟弟夏佑康在银行任中层管理，收入还算过得去，但他并不因此而满足，他总说过不了几年自己一定能升职，成为高管中的一员，夏佑宁从小就觉得自己这个弟弟啊，心里有一种超越常人的机巧，很多时候，心思深沉，当然，这也不是什么缺点。弟媳林芝薇从小没有双亲，学历也不高，但长得很漂亮。她在香港有一个舅舅，名叫林宏，是个钻石王老五，从小一直很关照她，说家业以后都留给她，毕竟自己没有婚嫁也没有儿女，姐姐的女儿是他们家唯一的血脉。

原本这个四口之家一直是太太平平有说有笑地过着日子，夏佑宁虽然有点轻微残障，却是性格很热情诚恳的一个人，和林芝薇素日里相处得跟姐妹一样，夏盈更是和她亲热得不得了。七年前的那场车祸对这个家而言，如同五雷轰顶。

当时是夏佑康开的车，林芝薇坐在副驾驶座位上，两人刚参加完一个酒席，正准备往家里赶。雾很浓重，根本看不清对面的车况。迎面撞毁的那辆车上，也是一对年轻夫妻，两人都不幸在事故中丧生。夏佑康在撞击发生的一刹那，身体被弹射出窗外，右腿骨折，腹股处轻微擦伤，而林芝薇却因全身重度烧伤而变得面目全非，虽然保住了性命，但接下来的生活却不得不面临各种巨大的挑战。

夏佑康辞去了工作，取出自己全部的积蓄，陪着妻子，辗转在全国最好的几家烧伤修复整形专科医院。他们离开家的那一年，夏盈只有五岁，而如今她都十二岁了。七年的时光何其漫长，遥不可盼的等待对于一个孩子而言，太残忍了。幸好还有姑姑在，这个带着残疾和她相依为命的姑姑，这个为她操持一切看着她慢慢长大的姑姑，这个在无眠的深夜里搂着她入睡的姑姑。有时候夏佑宁都觉得这孩子真是黏人，几乎要跟自己长在一起了，以至于当夏佑康在电话里告诉她林芝薇经过十四次大大小小的整容修复手术后，终于基本复原，全家马上可以团聚了的时候，心中竟涌起一丝不舍。善良如斯，她马上为这种不舍感到愧疚，她可以想象七年里林芝薇吃了多少苦受了多少罪，如今，自己可算是把她的女儿照料得妥妥当当的，如今，她要把这个女儿还给她的妈妈了。

　　夏盈雀跃激动的表情突然黯淡下来，"你不是我妈妈。"她冷淡地转过身，被夏佑康喊住，夏盈又重复了一遍，更加大声："这个人不是我妈妈啊！"然后头也不回地钻进了夏佑宁的卧室，门"嘭"地关上了，夏佑宁先是愣住了，然后她的目光渐渐停留在林芝薇脸上，细细地来回游移……

　　二十八年前，嘉禾福利院的刘老院长常常把不知道谁遗

205

弃在福利院门口的初生婴儿捡回去，一共有好几个，刘慧萍和刘伟强就是其中的两个。刘老院长让他们跟了自己的姓，还给他们各自起了名字。孩子们在福利院中长大，"金色年华扶贫扶孤计划"启动后，他们成了受益者，政府拨出专款提供他们生活费和学费，职业技术学校毕业后，他们参加了工厂的招工，在流水线上找到了属于自己的位置。在这拨孩子当中，只有刘慧萍和刘伟强一边打工，一边用赚到的工资继续求学，直到大学毕业，两人各自跳槽进了更好的企业，也收获了他们多年来相互扶持下凝结成的爱情。事故发生的那一天，是他们的结婚纪念日，省吃俭用买来的新车开了还不到一个月。

刘老院长去世多年了，在这个世界上，刘慧萍和刘伟强没有亲人。白雾包裹的车祸现场，交警还没有赶来。天地之间，唯有火烧中灼热的浓烟和不远处传来的一丝微弱的呼救，这呼救声，瘸着右腿的夏佑康听见了，他艰难地向前挪动着，在焦黑的车身下，拖出了血肉模糊但神志尚且清醒的刘慧萍。

交警赶来之前，夏佑康对刘慧萍说了什么？

在接下来远赴他乡的七年里，他们俩又对彼此说过些什么？

这些，夏佑宁很想知道。

林宏的家产市值五亿三千万，林芝薇是唯一法定继承人。

火势迅猛，没有指纹，没有对证，只有同情和感恩，只有劫后余生。

这些，夏佑宁现在开始想明白了。

可是她不知道该怎么规劝夏盈，因为夏盈一直在流眼泪，她不停地说："姑姑……她不是我妈妈，根本就不是，我妈妈的眼睛不是这个样子的……"

"你妈妈去治病时，你只有五岁，那时候你还很小呢，你想啊，都过了七年了，你有可能记得不对……"

"不！我不可能记得不对！我妈妈的眼睛肯定不是这个样子的！！"

夏盈开始嘶声力竭，她疯了一样地摔东西，她打破了玻璃窗，划伤了手臂，流了血，邻居吓得报了警，110两次上门，他们家的事闹得人尽皆知。夏佑康和林芝薇不得不躲到附近的宾馆里暂住，"姐姐，不能再让她这么说了啊，现在连警察都听到了，再多听个几次，他们弄不好……要开始怀疑了……"离开前，夏佑康悄悄在夏佑宁耳边说道。

夏佑宁这辈子几乎从来没有撒过谎，而此刻，她也不准备撒谎。她在心里给自己准备了讲稿。比如，类似这样的字句——

　　盈盈，你爸爸把所有的积蓄都拿去给你妈妈治病了，现在你妈妈的病治好了，但家里没钱供你读大学了。可是你妈妈的舅舅——就是你的舅爷爷，他留给你妈妈好多好多钱，多到什么程度呢，就是多到可以让你去美国、英国读大学，读完以后，你还可以在那里到处玩，买你喜欢的裙子啦，鞋子啦，项链啦，甚至是买一栋大房子。以后啊，等你长大了，要是有喜欢的男朋友呢，你可以和他结婚，就像你爸爸妈妈一样，但是如果有一天，你和他过得不开心了，你也可以随时随地离开他，过另一种你喜欢的生活。反正没关系啊，妈妈爸爸会给你留好多钱，你这一辈子啊，都不用担心其他小姑娘要担心的那么多问题，你只管开开心心过日子就行啦，这多好啊？不是吗？嗯？……你再认真想一想？好好的想一想？

　　夏佑康和林芝薇再度出现在家门口的那一天，天气很晴朗，阳光洒遍了客厅的每一个角落，夏盈望着林芝薇，迟疑了一会儿，飞奔过去抱住她的脖子。夏佑宁看着她纤瘦的、晃动的背影，觉得如此陌生，这个背影，不是和自己相伴七年的那个小侄女的背影，好像有一块阴冷的冰，深埋在她小小的心脏里，从此以后，也将永远深埋在这风和日丽的岁月里。

刘大成的升职梦

在派出所工作也快二十年了，刘大成绝对是属于那种群众基础特别好的民警，不仅辖区周边的居民们称赞他，就连终日游荡在马路上的拾荒者也个个觉得他可敬可爱。要问其中缘由，那还得从去年的冬天说起。

去年的十二月特别冷，那天本来是休息天，结果刘大成在家里和妻子方慧大吵了一架。方慧想和高中同学一起去欧洲旅行，但看到两人存折上的数字，心里又纠结起来，她责怪刘大成在派出所干了那么多年，还是个普普通通的警务人员，一点也没有上进心，和他同年警校毕业的老同学，都当上副所长了。刘大成听了特别来气，哪里是自己没有上进心啊，分明只是没有碰上好的机遇而已。两人闹得不欢而散，方慧蒙头躲在被窝里哭，刘大成恼火地摔门而出。

一个人走着走着，不知不觉进了公园。暮色将近，公园里一片幽暗与冷清。这时他看到不远处有一簇明晃晃的光亮，走近一看，是个衣着褴褛的中年男人在用公园里的废弃树枝引燃篝火取暖。出于职业本能，刘大成第一个想到的是这样燃火很危险，便脱口而出——

"喂，这里不允许烧篝火，赶快灭掉！"

中年男人抬眼看了看他，继续往火里扔树枝。

"跟你说话听见没有？要不要我把你逮到派出所里去清醒清醒？！"

那男人的手突然停了，朝刘大成跑了过来，"原来你……是警察啊？"他似乎是怀着兴奋之色看着刘大成，黝黑褶皱的脸被火光照得显耀出了光彩。

"是啊，我可是老警察了，你不服从训诫，分分钟把你抓进去。"刘大成心里掠过一丝得意。

"警察同志，我想问问你啊……你看这火，也生得挺旺的，而且我还不服管教，像这种情况，能不能把我抓进去时间久一点，别教育几句就又把我放出来？……"

这话把刘大成问懵了，"你神经病吧，人家都是害怕被抓进去，你怎么反而想要被抓进去？而且还要进去久一点，想什么呢？！"

"我……没去处，身上也没钱，实在是太冷了，我怕自己……会熬不过这个冬天……"

刘大成惊愕之余，这才仔细打量起了眼前这个男人来。只见他身上还穿着初秋的单衣，宽大肮脏的旧衣服，显然是不知从哪里捡来的，挂在他枯瘦的身体上，显得又寒酸又滑稽，领口和袖口都已经磨出了毛边，薄薄的长裤底下，拖着一双墨绿色的破球鞋，脚拇趾的地方已经开裂了，寒风灌进去，可想而知有多冷。

"你平时……是靠行乞为生的吧?"

男人点点头,不好意思地把目光转向了别处,"天暖和的时候,我一直睡在这公园的长椅上,你还别说,看着星空,还挺浪漫的。只是现在到了冬天,身体抵不过了……就想着……要是有个地方,能给我一天吃上两顿饱饭,睡觉的时候,能有个床铺,有条棉被,让我熬过这大冬天,我就心满意足了。"

刘大成听了,心里涌起一阵酸楚,"我刚才也是随口一说,就燃个篝火什么的,也构不成什么必须得送去劳教的大罪,估计你的想法,是要泡汤了……"

"我其实心里也知道……随口问问罢了,唉……"

"对了,你以前,有没有什么犯罪前科?"刘大成不知道自己为什么会问出这句话,他此时突然意识到,这句话不属于自己正常的理性思维。

"年轻的时候……偷过公共汽车上一个女人的钱包,被当场抓个现行,他老公狠狠地揍了我一顿,还把我送进去拘留了两个礼拜……"

"你有偷盗前科,那就好办啊!……"刘大成感受到了自己的反常,非理性思维正带着他的真性情一路狂奔。

"什……什么意思?"

"你这次,可以再去偷个东西,要偷贵一点的、值钱的东

211

西，然后我假装把你抓住，扭送进去，你再假装反抗，誓死不从，这样……估计能进去不止两个礼拜……"

"这主意是好主意，就是……"

"怎么？"

"说出来不怕你笑话，自从那次挨了揍以后，我像是害了恐惧症一样，再也没那个胆儿去偷人家东西了……我早先也不是没想过，干上几票，弄点钱花花，可还没动手，就怕得要死，怕得我脚都发抖……"

"那……估计是真没法去偷了……"

"要不，你就帮忙帮到底呗……"

"怎么个帮到底？"

"你去偷啊，偷到了，算在我头上，这问题不就解决了吗？"

"狗屁！我是一名堂堂警务人员，你叫我去偷东西？？"

"你想啊……其实这件事，不但对谁都没有损失，而且对谁都有好处，你缴获了赃物，还给店主，店里就没有损失，还为你在群众当中赢得了好名声，我呢，被抓进去了，这个冬天就不用挨冻了，说你拯救了一条人命不为过吧？那是多么崇高的事啊！再说你自己，捉拿了有前科的偷盗惯犯，你们领导可不得对你青眼有加？升职加薪是少不了的吧？……"

听到"升职加薪"四个字，刘大成的心，动了一下。

"这事吧……听上去是荒唐了些，但确实也是对大家都有

212

益无害的，既然是对大家都有益无害的……倒也不是不能够考虑……"刘大成感到自己有些心虚，说话的时候避开了那男人迎上来的、充满期盼的目光，他能感受到一股灼热的能量在自己身体里翻腾，为了把意念中的那些心虚赶走，他问那男人叫什么名字，男人回答说叫"李飞"，刘大成继而大喝一声——

"李飞！你现在、立刻、马上把这堆篝火给老子灭掉！"

由于经常被方慧的奚落气得不想回家，所以无论是工作日还是休息天，刘大成都会跑来自己的管辖区域里游荡，他齐整地穿着深蓝色的制服，胸前佩戴着闪亮的银色警徽，一身正气的样子给在周边生活和工作的老百姓们留下了深刻而美好的印象，人人都以为他每天过来巡逻是出于对工作的严谨和热情，所以，当大家喊他一声"刘警官"时，语气里都包含着满满的亲切，所以，即便是刘警官独自路过中央商场时顺手掳走了专卖店里一条价值不菲黑色羊绒围巾，也保管绝对不会有人在意到他的举动。

几天后，刘大成带着被他"擒获"的小偷，去专卖店归还失物，李飞低着脑袋向店主连连道歉，店主笑逐颜开地向刘大成连连道谢，称赞他火眼金睛，是我们这个片区的保护神。刘大成把李飞送进派出所立案审查，李飞作为偷盗惯犯被顺利关押。终于，这个冬天，他不必在寒风刺骨的公园空旷之地上烧火取暖了，刘大成的心情莫名地激动，就像是为人类在绝境中生存倾注了自己的热血一样久久难以平复。

去年那个漫长的冬季，刘大成先后偷走了各家店铺里的一条羊绒围巾、一只机械手表、一套银制餐具、一枚宝石胸针和一个限量款的奥地利水晶玻璃杯，成功"抓获"五名盗窃犯罪分子入狱。正可谓"'坏事'传千里"，这些白天沿街讨生活、晚上饥寒交迫居无定所的"窃贼"们，都是继李飞之后，主动找上刘大成寻求帮助的，而刘大成，也从一开始的严词拒绝、心存犹豫，慢慢地，竟把这类事情看成了自己的功勋，从而已经能够愈发坦然、从容、骄傲地面对自己的内心。而且，事情也正像李飞当时所预测的那样，刘大成在短时期内数度成功擒获盗贼的那份功勋，确实引起了派出所所长的注意，他公开对这位大龄警员的能力与干劲给予了高度评价，号召大家向他学习，向他请教，为社会的稳定与人民生活的安宁作出贡献。在临近农历岁末的时候，所里新进来一位名叫张凯的小同志，刚从学校毕业不久，所长亲自把他带到刘大成面前，让他认一认自己的这位师父，希望他能跟着刘大成，在未来的工作中收获宝贵的经验和自我成长。春节前夕，刘大成拿到了一笔特殊嘉奖，他兴冲冲地回到家里把好消息告诉方慧，原本以为方慧一定会对他刮目相看，多多少少赞美他几句，可盼来的，却依然还是充满讥讽的冷言冷语。

"还特殊嘉奖呢，就给这么一点点钱，够干什么？不过你也只有这么点能力，反正……我已经认命了，同样是女人，人家老公年纪轻轻就升了副所长，薪资待遇不知道比你要高出多少倍，人家现在日子过得不要太滋润哦……"

刘大成没有接她的话，他默默地把装着奖金的信封放到抽屉里，感觉心中刚刚盛开的那朵鲜花，在一瞬间里枯萎成了焦黄。

随着春天的脚步渐渐临近，辖区里的拾荒者们也开始舒缓起各自蜷缩的身体，再也没有人找上刘大成主动要求关进监狱里取暖过冬了，春季之后，紧接着又迎来了炎热的夏季和凉爽的秋天，倏忽间一年过去了，刘大成在抓获盗贼的这项丰功伟业上，迟迟没能再创佳绩，所长也因为公务繁忙，渐渐忘却了他在上一整个冬季里，所建立起来的那些功勋。要说薪水，是涨了些，不过李飞只说对了一半，因为关于刘大成心里迫切想要获得的职位提拔，却是连个影儿都还没有的事。尤其是当他在道听途说中得知，副所长因为心脏疾患不得已决定提前退休这一消息时，他的内心忍不住默默地为自己哀叹，如此绝佳的机会，以他四十出头的年纪，以他那么多年来收获的工作经验和自身优异的个人素养，晋升到这个位置理应是再适合不过的了，也许只是因为自己迄今为止，还没有机会为所里作出某项特别突出的贡献，作出那种……能被领导交口称赞、能让同事心悦诚服、能使自己一跃成为接任副所长职位的不二人选的——突出贡献。

春去秋来，四季流转，今年的冬季，依旧天寒地冻。自从去年和李飞有过交集之后，刘大成对自己辖区里的拾荒者们多了格外的关注，他时常观望他们日常的生活状态，有哪些个在这几条街上乞食过活，又有哪些个在那几段路上颠沛流离，慢慢的，他们那一张张满目疮痍的面孔都印进了刘大成心里，成了他素昧交往过的熟人们。

有一天傍晚，刘大成向张凯交代完下一周的工作任务，正准备下班回家吃晚饭，他在人行道上走着走着，听见身后传来一个声音喊住了他，刘大成回过头去一看，是经常出没在这条街上的一个老乞丐，他穿着单薄的灰色旧棉衣，棉衣的纽扣已经掉得差不多了，领口敞开的地方，用一条几乎洗脱色的蓝麻布长围巾裹了两圈，围巾边缘凌乱的流苏，在寒风中轻轻地飘扬着。

"老伯，刚才是您叫我？"

"是啊……刘警官……"

"找我有什么事吗？"

"刘警官，大伙儿都知道你是个善心人……"

"有什么需要，您就直说吧，看看我能不能帮上忙……"

"那些个小伙儿，都被你安排进去了……真好……"

"哦，原来您也是为这事啊……"

"对对对……要麻烦你了刘警官……"

"这样吧，我先找机会安排着，等安排妥当了，到时候过来找你，天气太冷了，你年纪大了，我懂的……"

"不过刘警官……我的想法跟他们不大一样……"

"怎么了？"

"我是想……进去了之后，就呆在里面，再也不出来了……"

"啥？你这是打算进去养老？……"

"算是吧……"

"可……就算是偷了金子，也判不了终身监禁啊……"

"那如果……是杀个人呢？"

"你说什么？……"

"你看，我们国家是没有死刑的，我要是真杀了人，弄到个'终身监禁'应该是不成问题的吧？"

"你……你打算杀了谁？你有仇人吗？"

"不是……不是我杀，我哪行啊，你帮我杀一下呗，他们……他们不都是你帮着偷来东西的么，怎么，到我就不行了？……"

"狗屁！我堂堂一名警务人员，怎么可能去做危及他人生命安全的事？！我告诉你，要杀人，还得你自己去杀，这事我可没法替你去做，再说了，你自己杀的人，这案件才有真实性啊，懂吗？"

"你……先别激动呀，先听我说完嘛。你看啊，首先，我们选的那个杀人目标，他肯定是个作风行为很恶劣的人，所以你杀了他，就是为民除害，他呢，就是死有余辜，所以说，你完全是做了一件顺应民心的大好事啊，对吧？其次，你把罪责全部推到我头上，我认罪后，就能如愿以偿在监狱里安度晚年了，你又多帮助了一个可怜人，算是积德积福吧？再有，你破获了一起凶杀案，这可多厉害啊，你们领导肯定给你记一大功，那将来你可不就更加前途无量了吗，对不对？所以总的来说，你做这件事，既保护了人民群众，也为你自己增光添彩了，我们皆大欢喜，多好啊！……"

"前途无量"四个字带给刘大成的震动，就如同去年的此刻，李飞说他肯定会"升职加薪"一样，这种字眼，如此铿锵有力地撞击着他的心灵，也许，仅凭一己之力破获杀人案，便是一项自己能为所里作出的、历年难遇的、能让自己一跃登顶的——特别突出的贡献。多么赤裸而真切的渴望啊，使得他那蠢蠢欲动的非理性思维，再一次大胆地越过了那条忠诚于世俗道德的规范红线。

"你要搞清楚，即便……即便我真的找到个大恶人要杀，那万一我失手被抓了怎么办？那不成了我被终身监禁了么，你又终身监禁不了……"

"绝对不可能！你刘警官要是诚心想办事情，那处理起来可是百分百妥当的，我们这里大家都知道的呀，你也不用那么谦虚去作这种假设……"

"好好好，那就算我答应你了，你打算让我去杀谁呢？"

"额……这我倒没认真想过……"

"你们丐帮圈子里，有没有什么道德败坏、十恶不赦之人啊？"

"没有……你们警察圈子里，有没有什么滥用职权、徇私枉法的人啊？"

"没有……"

"那你当警察这么多年，有没有遇到过一些漏了网的恶棍、歹徒之类的？"

"也没有……"

"那你生活里，有没有什么人让你恨之入骨……狠得牙痒痒……狠不得他立马、从此、永远消失的人啊？"

"好像……也没有……哦等一下，好像……是有一个。"

"那太好了！你看……我就说嘛……"

"我看你说话一套一套的，还会用成语，你……是识字的吧？"

"识的识的……念到初中一年级嘞……"

"叫什么名字？"

"王魁，魁梧的魁。"

"好，王魁，你听着，"刘大成从制服外套的口袋里掏出一本袖珍型笔记本和一支圆珠笔，他打开笔记本，在空白页面上飞快地书写起来，然后将那张纸撕下了递给王魁，"这个

219

地址，就是杀人现场，你把它背下来后，这张纸拿去烧了。明天下午，我就能把那人给解决了，估计到了傍晚，警察就会找上你，他们要是问你，是不是你干的，你就说是，问你为什么杀人，你就说天气冷了，想弄点钱买衣服和被褥，没想到下手重了。听明白了吗？"

"听明白了，我都按你说的来答。"

"这个，你给我。"刘大成三两下抽走了绕在王魁脖子上的蓝麻布围巾，"我把你的围巾丢在杀人现场，假装是你慌忙逃跑时落在那儿的，这样，他们很快就会断定你是杀人凶手了。"

"有道理，你想得可真是周全啊……"

"行了，这里，"刘大成又从裤兜里摸出几张人民币，"三百块钱，你拿好，今天回去后，什么也不要多想，买上几瓶二锅头，弄两个好菜，把自己喝痛快了，然后倒头睡一大觉，好好享受你在这自由人间的最后一天。到了明天的现在，你的人生，可就不一样啦……"

"知道知道，我保管多喝上几瓶，又能定定神，又能把好日子先过起来，那词儿叫什么来着——一醉方休……"王魁接过钱，顺手塞进口袋里，"太好了，总算等到这一天了，想想心里都激动啊，以后……那可叫一个冬暖夏凉，一日三餐有得吃，干净床铺有得躺，刘警官，这一切可都仰仗你啊，你是好心人，我祝你将来升大官、发大财！"

第二天早上，刘大成在办公室里跟张凯聊天，他说，你师母听说我收了个徒弟，就一直特别想见见你，今天晚上，你要是有空的话，不如一起到我家去吃个便饭呗，张凯当然很乐意啊，说能吃到师母亲手做的饭菜，好有幸福感呀。下午的时候，刘大成趁着例行巡逻的时间，折回到了自己家里，他看见方慧一个人坐在沙发上看电视连续剧，明明听见丈夫回来了，却是眼皮也懒得朝他抬一下。刘大成望着她的侧影，想起两人刚结婚时的种种，那时候，方慧经常跟他说，以后，我们要买个大房子住，出门有司机接送，做饭做家务有阿姨代劳，还说她要办一张不限额度的信用卡。那时候，他一直以为，这些话，对他来说会是一种激励，后来才渐渐发现，这些话，对他来说是一种刺痛。

　　这些年来，妻子对自己的无视和鄙夷，反正刘大成也已经见怪不怪，哼哼，等哪天我升职当了副所长，一定要再娶个年轻漂亮、脾气好的，另外，她还要崇拜我、仰慕我，要为自己嫁给了警界精英而备感自豪。刘大成一边想着，一边志满意得地微笑起来，他举起玄关上摆着的一个瓷器大花瓶，"砰"地一声，狠狠砸在方慧的后脑勺上。

　　方慧的头，歪倒在一边，鲜血不停地往外流，一部分滴落在地板上，另一部分，被沙发的海绵靠垫吸附了进去。房间里寂静无声，刘大成把王魁的围巾扔在门口，自己则跨过围巾，轻手轻脚地把门带上，独自朝派出所走去。

在办公室里假模假样地整理了一会儿文件，等到了下班时间，刘大成便和张凯两人一路说笑着，乐呵呵地往他家走去。到了家门口，刘大成很自然地摸出钥匙打开门，这时，跟在身后的张凯猛然间听到自己的师父"啊"地一声惊叫起来，他赶忙冲上前去护在师父身旁，随即目睹到的那个场景，张凯的感受完全可以用震惊来形容，他拿起手机，立刻拨打给了今天夜里值班的同事，火速赶来的援兵们按程序处理着眼前的一切，他们告诉刘大成，从方慧头部血液的凝固程度和尸体的僵硬度可以初步判断，案发时间大约是在当日下午的一点至三点三十分之间。

此时，张凯注意到大门边的地板上，掉落了一条长围巾，便问刘大成，"师父，这围巾是你的吧？"

刘大成走上前去看了看，"不是啊，这不是我们家的围巾……"

"那就怪了……不行，这得马上放进证物袋里保存起来，一旦找到嫌疑人，立即比对指纹。"张凯一边说，一边熟练地操作着。

"不过这条围巾……怎么好像看着那么眼熟啊……"刘大成的双眼，依然直愣愣地盯着那条长围巾。

"是不是你认识的什么人……以前戴过它啊？不过……都已经那么破烂了……"

"等等，你让我想想，让我想想……"

"你有印象了?……"

"我记得……我每天巡逻的时候，总是看到一个老乞丐，好像他脖子上就拖着这么一条蓝围巾，长长的，而且看上去……挺破旧的……我好像听见其他小乞丐们一直'王魁王魁'地叫他……"

"该死的……这种人，亡命之徒啊，是不是天冷了想捞一票?……"张凯咬牙切齿道，"师父，他在哪条街上混日子?我他妈的现在就去把他揪出来偿命!"

"那……那我跟你一起去……"

刘大成凭着自己那么多时日来对拾荒者们的关注，很快，两人就找到了他们晚上用来过夜的废弃建筑楼群。

"王魁! 出来! ……"刘大成提高嗓门，装出哽咽而激愤的语调。

"王魁! 王魁! 出来! "张凯也跟着一路狂喊。

"你们找王魁啊?……你们……是谁啊? "一位拾荒的老妈妈在路灯的微光里探出了身子。

"阿婆，您认识王魁? "张凯问道。

"认识啊，都是住在这里的老人了，怎么会不认识? "老妈妈答道。

"他人呢? "刘大成急不可待地问她。

"昨天晚上，叫人给运走了。"

"什么运走了？你说说清楚，什么意思啊？"刘大成的追问，带着急迫的、压倒性的语气。

"我猜他啊，大概是想过好日子想疯了，昨天一回来，手里就拎了好几个凉菜，还有四五瓶白酒，他还跟我们说，自己遇上好人了，以后啊，要开始过安稳日子了，所以今天得好好庆祝一下。"

"后来呢？"张凯追问道。

"后来……他好像实在兴奋得不行，一个人把买来的酒全喝下肚了，然后就自己躺到公共场所门口，不吱声了，我们都以为他喝高了，睡过去了，也没在意啥……结果，厕所斜对面不是有个居委会嘛，那里面有两个干部，大概下班晚吧，路过时正好注意到他，就走过来看看，一看不得了，王魁他……连呼吸都已经没了……唉，喝太多了，喝死了……"

"接着说！"刘大成几乎已经失去了耐心。

"后来没办法啊，他们打电话，叫殡仪馆的人过来，把他给运走了。"

"那是昨天晚上大约什么时候的事？"张凯问。

"就……就是昨天晚上呀，不信你问他们好了，大家都看见了呀……"老妈妈说不上具体时间，急了，瞪着眼，对着旁边几个小乞丐抬了抬下颚。

"师傅，不对啊……昨天晚上死了的人，怎么会在今天下午……把围巾落到你家的地板上呢？这里面，究竟是哪个环节出了猫腻？"张凯转过头，背着身子，在刘大成耳边轻声问道，"不行不行，师父，我脑子懵了，你快给我捋捋思路，快给我讲讲……师父？师父？？……"

瞒

（一）发生

作为院长，林建业在隆重的欢迎会上热情洋溢地为医院新进的一批实习医生致了辞，一只脚还没来得及跨下舞台，手机便在西服内侧袋里振动个不停。他欠身走进一间休息室，顺手按下了接听键，等到他挂断电话，转过身去确认休息室的门是否关严实时，脸上已经难以掩饰住紧张的神色。

电话是公安局刑警队的同志给他打来的，说他妻子何诗仪的妹妹何诗婷，在崇明一家高级酒店的游泳池里溺水身亡，初步断定为意外事故，由于姐姐何诗仪的手机一直处于无人接听状态，所以只能将电话打到了他这里。

事发突然，林建业把欢迎会的后续安排拜托给了两位副院长，便匆忙朝地下车库方向走去，很快，他坐进了自己的黑色奔驰车驾驶座，随即拨通了何诗仪的手机，妻子是个谨小慎微的人，不接听陌生来电，是常有的事。

"诗仪，刚才我接到公安局的电话，诗婷在崇明……可能是正在游泳吧……总之是出了意外，已经去世了……"

"你说什么？……"手机那头的何诗仪，语气震惊到

226

失措。

"这样，你赶快整理一下在外过夜需要用到的衣服、洗漱用品、充电器什么的，我现在开车回来接你，我们马上去崇明一趟，办案人员还在那边等我们。"

"好……我知道了，等你回来……"

二十多分钟后，一切就绪，林建业的车已经往崇明方向进发了，近两个小时的路程，车里很安静，没有播放音乐，两人也没有过多的交谈。将要抵达的时候，何诗仪打开化妆镜，用纸巾擦去石榴红的有色润唇膏，然后对着两只眼睛，滴入了日常抗干燥用的人工泪液。林建业关闭了导航系统，摊开左手手掌，使劲在自己脸上揉搓着。

一切都在按流程走。

何诗仪看着妹妹因浸泡时间过长而浮肿变形的脸，扑倒在她盖着白布的身体上痛哭流涕，林建业一边安抚地拍着妻子的后背，一边阴沉着脸，听着警员同志的叙述。

何诗婷这次来崇明是为了参加公司的年会，大巴士抵达预订的五星级酒店后，她便和同事们一起办理了入住。外企条件好，每位员工住的都是单人间，因此当晚宴结束后，何诗婷擅自进入泳池时，完全没有人知道。

"因为时间比较晚了，游泳的客人都已经离开了，而她呢，可能平时也不太在意水下运动前，必须先做伸展活动的必要性……左腿腿部肌肉显出剧烈抽搐的迹象，所以……很遗憾……"

何诗仪一边拭擦着眼眶，一边按要求在几份文件的空白处签下自己的名字，林建业扶着妻子的肩膀，向警察同志们一一道谢。

走出警局，已过了凌晨，他们决定休整一下情绪，先在这里住一晚，明天早晨再往回开。警局对面有一个家庭型小旅馆，两人便将就着开了个双人间。

（二）林建业

我不是那种见了漂亮女人就挪不开步的男人，当年追求诗仪，不仅是因为同在一家医院工作，近水楼台、日久生情，更是因为诗仪是一个高学历、理性、聪明，很会审时度势的女人，这点与我的个性很契合。我非常看重自身事业的发展，而像她这样的女人，无疑会为我将来人生的跃迁带来助力。选妻子嘛，就是要选能够与自己并肩作战的好伙伴、好搭档，至于她是不是个美人，并没有那么重要。

说实话，诗婷闯入我的生活，是我避之不及的。她是我妻子的亲生妹妹，就算天天借着来找姐姐玩儿的由头往我家跑，我也没办法将她拒之门外啊。再说她又是那种开朗、活泼、率真的性子，在诗仪眼里，诗婷就是个小女孩，她从小就习惯了妹妹那副见了谁都撒娇的模样，要说让她怀疑些什么，恐怕是不太可能的。当然了，诗婷长得也确实漂亮，可能是随她们的母亲吧，大眼睛、鼻梁高挺，皮肤很白皙，双腿修长，双峰挺拔。相比之下，相貌随了父亲的诗仪，乍眼看去，五官平平，身材也稍微瘦了一些，不过天生小麦般的肤色倒是为她平添了些许干练的气质。

就像我刚才讲的，就天性来说，我的确不是那种会轻易为女人的外在买单的人，但不管再怎么柳下惠，我毕竟也是个如假包换的大男人啊，面对日复一日蜂拥袭来的千娇百媚，总有敌不过的一天。不过城门失守后，说实话，没过多久我就腻味了，就这样一个徒有好看皮囊，也没多少内在的女人，就只能说是图个新鲜吧，还能怎样呢。本来么，成年人的世界里，好聚好散，也没什么，以后，她仍是我妻子的妹妹，我仍是她姐姐的丈夫，各自归回到生活的本位，日子依然可以顺顺当当过下去。可谁知道，她居然当真了，要命啊，天天在微信里炮轰似的嚷着要一辈子做我的女人，而且要做我唯一的女人，这怎么可能呢，就凭她这点天资，我们的智识根本不在一个圈层啊。

我心里是越来越恼火，也不知道该怎么了结这件事，就只能一直这么拖啊拖啊拖。可是前天晚上，诗仪跟我说她怀孕了，这可把我高兴坏了，她还跟我说，她希望会是个男孩，能遗传我的优秀基因，将来继承我的事业。她是那样崇拜我，对我的能力报以热望，我听了心里很感动，我知道当初娶她为妻，让她成为离我最亲近的人，是多么正确的选择。等孩子出生后，我的家庭生活就要真正开始步入正轨了，这也意味着，某些毫无意义的小插曲、生命旅程中的边枝末节，应该趁早修剪干净。

作为学医多年，加之行医多年的一院之长，我对摆放在医院实验室里的诸多毒物也颇有研究。有一种植物，名叫曼陀罗，其根部含有剧毒，可提炼成透明液体，只要少量摄入，便会使人产生幻听，继而死亡。民俗里常提到的所谓"曼陀罗的尖叫"，其实就是人在产生幻听后，因恐惧而发出的惊叫声。

我知道诗婷下周要和她们公司的同事们一起去崇明的一家星级酒店开年会，顺便在那里旅游几天，于是我特意去买了一支刚刚上市的"舒益达"牌草莓味牙膏，我用针管把曼陀罗根部的提取液注入膏体，再盖紧盖子，然后温言软语地关照她，别忘了把新牙膏放进旅行袋的洗漱包里，等去了崇明，就可以不必用酒店里的那种牙膏了。诗婷从小就喜欢吃草莓，任何有草莓气味的东西——甜点、口香糖、巧克力、冰淇淋、香氛、洗发水，都是她的最爱。我记得当时，她还很开心地亲了我一下，说我最了解她、最懂她。真是可笑。

这件事，万万不能让诗仪知道。再怎么说，诗婷也是她亲妹妹，她们从小一起长大，妹妹是她先天防范意识里的一个漏洞，也一定会是她情感上的软肋。而且，诗仪是我的结发夫妻，也是我未来孩子的母亲，我不能让她知道自己的丈夫是个心狠手辣的杀人犯啊，她毕竟是个女人，不能寒了她的心，不能浇灭她对我的一片热忱。

（三）何诗仪

从小到大，我都是不受待见的那一个。在客人面前唱首歌，我不会。跳个舞，我不会。来段诗朗诵，我会，但不屑于，所以我就说我不会。

那么小小年纪的我，就已经明白什么叫做"不屑于"，兀自清高的心性，不知道是福气还是祸端。按理说，对自己的亲妹妹，应该是宠爱有加的，然而请原谅我的偏狭，面对何诗婷这种女人，我确实没有这么宽广而柔和的胸襟。

从幼儿园到高中，何诗婷永远是人群里的中心。老师、同学、同学家长，甚至我们的爸爸妈妈，谁会不喜欢一个脸蛋漂亮、声音甜美、性格活泼可爱、像一粒蜜果似的女孩呢？我像个隐形的旁观者一样默默地长大成人，高考填写志愿时，何诗婷想报考法语系，而我明知学医的道路万分艰辛，却仍义无反顾地报了临床医学。何诗婷本科毕业就工作了，而我一路拼搏，拿到了博士学位。吃了那么多苦，我想证明什么呢？证明我虽然没有美丽的脸庞，没有傲人的身材，没有清亮的歌喉，没有迷人的舞姿，但是我有智慧，有能力，有学识，有才干？

被顺利招进医院成为一名内科大夫时，我只想好好工作，在这个大环境里不断锤炼和提升自己的硬实力，我没想到那个当时还是副院长候选人的林建业会这么主动地追求自己。呵呵，看来，多年的刻苦内修已经潜移默化进我的人格魅力中了吧……当时，我心里是颇为得意的，虽然我表现出的，仍然是一贯的矜持。

从恋爱到结婚，一切都是那么顺理成章。我甚至一度以为，命运正在把曾经亏欠我的厚爱，一点一点偿还给我。正当我开始慢慢释怀的时候，何诗婷再一次闯进了我的生活。这个小婊子，连我的丈夫都不放过，还以为自己做得很隐秘，还以为能把我这个姐姐蒙在鼓里当猴耍，难道我应该放过她不成？再过个大半年，我就要做妈妈了，而建业也就要成为这个温馨的三口之家的一家之主了，我不允许任何人破坏这份来之不易的美满。

记得还是在我念本科的时候，宿舍里有一个女孩子是专攻毒理学的，大家因为好奇，有事没事就向她讨教。我记得她说起过，有一种神经毒素，名字特别浪漫，叫"罗密欧的眼泪"，它类似于河豚毒的液体，渗透非常迅速，呈深褐色，摄入人体后，会产生全身麻痹的肢体症状，继而立刻导致死亡。如今作为院长太太，虽然已经辞去了本职工作退居二线，但即便是被以前的同事撞见我出入医院的各个场地，他们也应该见怪不怪。经过一番搜寻，我终于顺利地带着盛有"罗密欧的眼泪"的医用密封器，若无其事地走出了医院大门。

回到家后，我打电话给何诗婷，说我知道她下周要在崇明呆上好几天，就做了些她爱吃的巧克力草莓饼干，等一下开车给她送过去。何诗婷听了高兴极了，因为她最喜欢吃草莓味的东西，而且从小就有吃完甜点再睡觉的习惯，那时候爸妈怕她吃坏牙齿，不让她多吃，可她就是不听。

我把新鲜草莓磨碎，和黑巧克力酱混合在一起，再滴入深褐色的"罗密欧的眼泪"，搅拌均匀后放入饼干的制作模具，最后送进烤箱里。为了保持口感新鲜，我还特意用封口器把饼干袋封了起来，这样，空气就完全进不去了。

在开车去她家的路上，突然想起她在那通电话里说过一句——"有姐姐可真好啊……"，我心里泛起一丝酸楚，觉得很难过，但转而想想，她心目中的那个姐姐，应该就是个……小时候老实巴交，长大后默默无闻的平庸女子吧？怒意顿时像火焰一样在心中升腾起来，把仅有的那一点点"不忍"，烧得灰飞烟灭。

昨天晚上，我就和建业说起过，今天要做些巧克力草莓饼干给诗婷带去崇明当睡前的甜点吃，建业馋了，还阴阳怪气地说，你就想着做给你妹妹吃，你好像很久都没主动做给我吃过了。也许在他心里，我一直就是个宠爱妹妹的好姐姐，所以这件事千万不能让他知道，否则我不就成了一个十足的、谋杀自己亲妹妹的毒妇了吗？那可是不行的，建业每天和我同床共枕，他眼里的我，必须是那个沉静、柔和、矜雅的女子。

（四）后来

小旅馆的双人间，当然比不上星级酒店里的房间那么装饰华丽、格调高雅，但这丝毫也不影响林建业此刻的兴致。何诗婷竟然意外死在了游泳池里，他和诗仪一起收拾她遗留在酒店里的行李时，他看到牙膏包装完好地留在那个洗漱包里，当时诗仪还特意拿起来看了一眼，把林建业吓得心都提到了嗓子口。所幸还好，整个流程走得十分顺利，一切都有惊无险。

也就是在那个五星酒店的房间里，为妹妹整理遗留物品的何诗仪，特意把那袋还未开封的饼干藏在行李箱的最底层，上面叠压了何诗婷的好几件衣服和笔记本电脑。不知道为什么，何诗仪此刻感觉自己大大地松了一口气，好像胸口堵着的一块巨石被突然间被搬走了。毕竟，妹妹的死，完全是个意外，与她的过错无关，与她的恶意无关，那袋巧克力草莓饼干，一回家就马上把它处理掉。

夫妻两人走进房间，刚放下行李，林建业就从身后搂抱住何诗仪，何诗仪转身接受了他的爱抚，又下意识地抚摸了一下自己的小腹。是的，原本，是该小心翼翼才好的，但是，顾不上了。此时此刻，他们需要感受来自于彼此的体温，他们需要用身体与身体联结的激昂，来销毁各自心里的魑魅魍魉。而这样的冒险，又仿佛是一种庆祝，庆祝他们的婚姻，发生了一次蜕变，而他们已经奋勇地破壳而出，准备好携手进入到下一段生命旅程当中去了。

"我先去洗个澡……"何诗仪低下头，轻轻地推开丈夫。

"好……不着急，我等着你……"林建业温存地回答她。

何诗仪轻轻关上洗手间的门，随即褪去衣物，准备尽量快速地完成洗漱和沐浴。

咦？洗漱台上只有牙刷，却没有牙膏……她转身轻唤林建业的名字，想让他去旅馆的老板那里拿一支，可是他没回应她，何诗仪只好赤裸着身子小跑进卧室，这才发现丈夫独自横卧在双人床上，鼾声起伏有致。她怜爱地笑着摇摇头，只好自己光着脚、挪着步子，拖出属于何诗婷的那个旅行箱，她翻箱倒柜找出那个洗漱包，拎着它，踉踉跄跄跑回了洗手间。

随着洗手间的门"啪嗒"一关，把林建业从深重的睡眠里拉了回来。他听到"哗哗"的、喷淋头的出水声，便知道妻子还没有洗完。已是午夜，终于度过了心惊胆战的一天，现在感觉肚子饿得咕咕叫，他翻身坐起来，看到了打开的行李箱中，那袋未开封的巧克力草莓饼干。林建业已经没有力气再多想什么，拿过饼干袋"嘶拉"一下开了封口。

是如此漫长而沉寂的夜，林建业依然独自横卧在双人床上，他是那样安静，仿佛为了不发出一丝声响，连再轻微的呼吸，也省略了。

洗手间里，奔腾的流水声依旧。何诗仪蜷缩在玻璃淋浴房的一角，她好像感觉透过那水声，能听到从遥远的地方，传来一阵阵呼唤，有柔亮而熟悉的女声——"姐姐，姐姐……"，也有稚嫩而清脆的童音——"妈妈，妈妈……"。

后　记

那是一个深秋的夜晚，我拿了几本叶辛老师的旧作，想请他为我签个名。

我以为叶老师会像其他前辈们那样，在扉页上写下"丁恩翼女士惠存"的字样，然而，叶老师提笔写完"丁恩翼"三个字后，停顿了一秒钟，接着写下了"小友"二字。

那一秒钟，像一位长辈对家里的小孩留下嘱咐，我的心浸染在这既遥远又贴近的暖黄色的关爱里，怯生生漾起柔波般甜软而肺腑的悸动来。

我把那一刻的感念，记录在这里。

深深感谢叶辛老师一直以来给予我的莫大的支持、帮助、教导和鼓励。

图书在版编目（CIP）数据

或然率的谜思 / 丁恩翼著. -- 上海：上海文艺出版
社，2025. -- ISBN 978-7-5321-9171-0

Ⅰ. I247.7

中国国家版本馆 CIP 数据核字第 2024XW3484 号

责任编辑　徐如麒　毛静彦
封面设计　徐　徐

书　　名　或然率的谜思
作　　者　丁恩翼　著
出　　版　上海世纪出版集团　上海文艺出版社出版
地　　址　上海市闵行区号景路 159 弄 A 座 2 楼　201101
发　　行　上海文艺出版社发行中心发行
　　　　　上海市闵行区号景路 159 弄 A 座 2 楼　www.ewen.co
印　　刷　江苏图美云印刷科技有限公司
开　　本　880×1230　1/32
印　　张　7.75
字　　数　141,000
版　　次　2025 年 1 月第 1 版　2025 年 1 月第 1 次印刷
I S B N　978 - 7 - 5321 - 9171 - 0／I.7204
定　　价　68.00 元

（敬启读者，如发现本书有印装质量问题，请与印刷厂联系　T: 0571 - 89895908）